徐志摩与他的诗

徐志摩 著

山东城市出版传媒集团·济南出版社

图书在版编目（CIP）数据

徐志摩与他的诗 / 徐志摩著 . -- 济南 : 济南出版社，2017.10（2021.7重印）

（读诗吧）

ISBN 978-7-5488-2818-1

Ⅰ . ①徐… Ⅱ . ①徐… Ⅲ . ①诗集－中国－现代 Ⅳ . ① I226

中国版本图书馆 CIP 数据核字 (2017) 第 255046 号

出 版 人　崔　刚
责任编辑　李建议　雷　蕾
责任校对　李梦肖
装帧设计　李梦肖
出版发行　济南出版社
地　　址　济南市二环南路 1 号
编辑热线　0531-67883204
发行热线　0531-86131728　86922073　86131701
印　　刷　阳信龙跃印务有限公司
版　　次　2017 年 10 月第 1 版
印　　次　2021 年 7 月第 2 次印刷
成品尺寸　150mm×230mm　16 开
印　　张　13
字　　数　150 千
印　　数　1—10000 册
定　　价　48.60 元

Preface——编者记

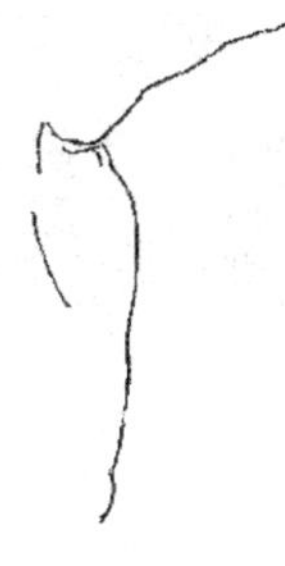

诗歌在中国历史上源远流长，绵延数千年，它犹如一颗颗璀璨的星，为你照亮过去，你可以肆意地徜徉在诗歌的长河中，感受世间美好。早在西周至春秋时代，我国诗歌就已产生了大批辉煌篇章，从先秦时期的《诗经》、战国后期的楚辞（骚体）、汉代的“乐府”诗，到诗歌黄金时代的唐诗宋词，一句句、一首首，无不诉说着诗人的家国情怀，或壮志凌云，或豪气冲天，或委婉悠扬，又或者更像是某人的细细耳语。诗人其实是告诉我们在人生成长道路上“勿忘初衷”，别忘了自己曾有一颗纯真“诗心”。

其实每个人的身体里都住着一个爱读诗的灵魂，只是我们在忙碌中总将它遗忘。《读诗吧》系列读物存在的意义就是为了唤醒国人沉寂已久的“诗魂”，就像央视节目《中国诗词大会》命题人之一方笑一先生在节目结束后说：“诗词的盛宴终将散去，激烈的比赛终将落幕，接下来正是翻开书卷，静心读诗的时候了。”

自 1917 年开始，《新青年》发表胡适《白话新诗八首》作为中国新诗的开端，新诗的发展已有百年。自此以后与古体诗相对应的新诗这一诗歌形式便不断发展，形成了不同的诗歌流派，按照新诗发展的历史，我们邀请相关专家精选我国现当代文学史上具有巨大影响力的诗人的代表作，凝聚成《读诗吧》系列。我们怀着一份敬畏、一份使命，希望将这些经受住一次次严格的检验和磨洗之后的作品传承下来。

首先我们精选了胡适、闻一多、戴望舒、徐志摩、林徽因等七位新诗诗人的经典名作。优中选优，为读者奉上第一季的书目。

其次，本套丛书将按照“诗人与诗”的编写体例，摘录诗人的生平资料，选用诗人各时期珍藏的图片，置入书中，与所选诗篇形成呼应和对比，让读者更近距离地了解诗人和理解诗歌内容。

再次，为丰富读者多层次的阅读需求，加入“朗读者”，邀请专业配音人员，以诗配乐朗读的形式呈现部分经典名篇，扫描二维码即可收听。并在书末加上了“诗抄”，形成了可读、可听、可写的新型诗集读本。

希望《读诗吧》能成为现代社会一股清流，充当起心灵导师的作用，并引导我们重新审视自己的生活，看看我们是否距离经典、距离文字太远了？

文字的力量，久违了。就让我们在一个慵懒的午后，看庭前花开花落，望天上云卷云舒，泡一杯陈年普洱，相约《读诗吧》，重新体会它、感受它……

目 Contents 录

关于 诗人

关于 诗

徐志摩

Xu Zhi Mo

关于 诗人

徐志摩其人其诗

萧散之 / 文

徐志摩，原名章垿，字槱森，留学美国时改名志摩。徐志摩是新月派的代表诗人，是中国现代文学史上不可或缺的浪漫诗人。诗歌集有《志摩的诗》《翡冷翠的一夜》《猛虎集》《云游》行世。

1931年11月19日，徐志摩于济南郊外的开山遇难，次日，胡适在日记中记下这难忘的一页："昨早志摩从南京乘飞机北来，曾由中国航空公司发一电来梁思成家，嘱下午三时雇车去南苑接他。下午汽车去接，至四时半人未到，汽车回来了。我听徽因说了，颇疑中途有变故。今早我见《北平晨报》记昨日飞机在济南之南遇大雾，误触开山，坠落山下，司机与不知名乘客皆死，我大叫起，已知志摩遇难了……下午，思成徽音夫妇来，奚若来，陈雪屏、孙大雨来，钱端升来，慰慈来，孟和来，孟真来，皆相对凄惋。”并剪下这日《晨报》消息，以志忆念。此时距徐志摩创作新诗不过短短十个年头，但他在这一领域不仅留下浓墨重彩、辉煌耀目的一笔，而且隐然显露出其在中国现代诗坛的不可替代的地位。

说起来徐志摩写作新诗实属偶然。徐志摩出身于浙江海宁一个富绅家庭，单子独传。他早年奉父命赴美修习经济学，志效哈密尔顿，后又转至英伦剑桥，在政治经济学院读了半年，一个偶然的机会在作家狄更生的举荐下才在皇家学院做了特别生，读书实在也算不上有多么用功，用他自己的话说，“在康桥我忙的是散步，划船，骑自行车，抽烟，闲谈，吃五点钟茶、牛油烤饼，看闲书。”然而天降英才，徐志摩在剑桥、牛津吞云吐雾的吸烟室内确也悟到了西人文化的真髓，认认真真地啃了几部书，尤其对拜伦、雪莱、济慈浪漫主义一路的诗风大加叹赏，变声气，脱凡胎，一起笔便写出那样音韵铿锵、温婉浏亮的“神仙似的诗句”，这在中外文学史上亦实属罕见。我们读他收录在《志摩的诗》中的一些早期诗作《雪花的快乐》《沙扬娜拉》《为要寻一个明星》《怨谁》，其诗歌意象之纯美、个性之鲜明，仿佛完全出自于一位成熟的诗人之手，若在一般人的笔下，这样的境界怕是花费一世的功力也难以企及的。

追根究底，恐怕还是牛津、剑桥两个“压得倒人的学府”那种特别的导师制给了他文化的洗礼与滋养，牛顿、达尔文、弥尔顿、拜伦、华兹华斯、阿诺德等一批从剑桥走出的科学、文化巨人引领着他，让他渐渐寻着了治学的门径：“就我个人说，我的眼是康桥教我睁的，我的求知欲是康桥给我拨动的，我的自我的意识是康桥给我胚胎的。”难怪剑桥在诗人心目中留下了铭心刻骨、历久弥新的印象，我们也因此而有幸含英咀华般地吟咏《再别康桥》那美丽的诗行：“轻轻的我走了，正

（大家诗歌典藏馆 提供）

徐志摩留学美国时摄于东部衣色加（1918 年 8 月）

如我轻轻的来；我轻轻的招手，作别西天的云彩。”不难看出，浪漫派诗人对自由、自我、自然的矢志不渝的追求给徐志摩的诗歌创作打了底、上了色，他的确是寻着了文学创作的真谛。

徐志摩的另一功绩，便是在大学讲堂和报刊上不遗余力地奖掖后辈，推动新诗创作及倡导新诗格律化，影响所及，实在亦不亚于他在创作方面的成就。自归国之初，徐志摩已才名藉甚，在清华、北大各大学讲授西方文化与英诗，他的诗人气质在当时是深得学生们喜爱的，多年之后，卞之琳追忆受教于这位大诗人门下的情景时说：“他给我们在课堂上讲英国浪漫派诗，特别是讲雪莱，眼睛朝着窗外，或者对着天花板，实在是自己在作诗，天马行空，天花乱坠，大概雪莱就是化在这一片空气里了……”在与陆小曼成婚后，为了维持家计，徐志摩时常在北平、上海、南京各城市间奔走，授课，也许他的英诗讲授并不如一般学者那样深入、系统，不过，他的诗人身份对南北青年学子产生的巨大号召力却是无可置疑的。

徐志摩为人一向以天真和温厚著称，与创造社、文学研究会的同仁也都过得去，似乎很难找出哪一位是徐志摩的死敌。不过，1923 年徐志摩因在《努力周报》刊出几节“杂记”，对刚刚出版了新诗发展史上的大作《女神》的郭沫若不客气地揶揄一番，招致同属于创造社的成仿吾的回击，由此演成一起措辞激烈的笔墨官司，双方的确有意气用事之处，然而徐志摩批评的是新诗创作中常常遇到的平庸化和感伤主义的泛滥，的确道出了新诗的痛处："人有真好人，真坏人，假人，没中用人；诗也有真诗、坏诗、形似诗。"话说得一点儿不含糊，而针对这一弊端开出的药方，便是徐志摩、闻一多、朱湘等提倡的新诗格律化。如今，时间已将及一个世纪，有人说，缺少了新月派在格律、诗体方面的探索，或者忽略了徐志摩在诗歌领域的创作活动，我国现代新诗的形成及发展实在是难以想象的。此话颇为中肯。

鲜活，浮躁，驳杂，是徐志摩的思想本色。说到徐志摩的思想，茅盾在《徐志摩论》说："志摩是中国布尔乔亚'开山'的同时，又是'末代'的诗人。""圆熟的外形，配着淡到几乎没有的内容，而且这淡极了的内容也不外乎感伤的情绪，——轻烟似的微哀，神秘的、象征的依恋感喟追求：这些都是发展到最后一阶段的、现代布尔乔亚诗人的特色。"茅盾还从徐志摩《婴儿》一诗入手，分析徐志摩所痛苦地期待着的"未来的婴儿"乃是"英美式的资产阶级的德谟克拉西"。茅盾是以阶级论的方法对徐志摩所做的判断，但是他仍然注意到了徐志摩自己颇为得意的一位朋友对他的两个字的评语：这便是"浮"和"杂"。（"志摩感情之浮，

徐志摩与林徽因陪同泰戈尔

使他不能为诗人，思想之杂，使他不能为文人。”）这两个字概括了诗人性格和思想的特点。徐志摩思想的“杂”是与他为人处世的“浮”联系在一起的。朱自清在《中国新文学大系诗集·导言》中说：“他没有闻（一多）氏那样精密，但也没有他那样冷静。他是跳着溅着不舍昼夜的一道生命水。”徐志摩就是这样，接受得快，但却始终在波动之中。

因此，在评论界有人就以徐志摩为世人所诟病的《秋虫》《西窗》等来批判他的消极倾向。他的思想驳杂，往往被简单地概括为“唯美”“为艺术而艺术”一类结论，他的思想倾向，则为“反动、消极、感伤”一类。但另一方面，思想驳杂的徐志摩又在《落叶》中热情地赞美苏联革命，并且呼吁人们“永远用积极的态度去对待人生”。《秋虫》《西窗》发表的同时，徐志摩还在《志摩日记》中对“五卅惨案”发表了相当激烈的意见：“上面的政府也真是糟，总司令不能发令的，外交部长是欺骗专家，中央政府是昏庸老朽收容所，没有一件我们受人侮辱的事不可以追源到我们自己的昏庸。”同时还在致恩厚之信中，谈到国内形势：“虽然国民党是胜利了，但中国经历的灾难极为深重。”徐志摩就是这样的一位复杂的人。他一方面对法国大革命极为景仰，一方面又极有兴味地谈论着巴黎令人目眩的糜烂以及那里的“艳丽的肉”。徐志摩在《落叶》中说自己的性格：“我的心灵的活动是冲动性的，简直可以说痉挛性的。”思想的驳杂、混乱甚至自相矛盾，这就是真实的徐志摩，一个活生生、原生态的徐志摩。

热情好客，交游广阔，是徐志摩的另一个特点。陈从周在《记徐志摩》中说：“志摩的国际学术交往也是频繁的。他被选为英国诗社社员，‘笔会’中国分会理事，印度老诗人泰戈尔与他最是忘年之交，还与英国哈代、赖斯基、威尔斯，法国罗曼·罗兰等等，都有交往。”陆小曼在《泰戈尔在我家作客》中回忆道：“志摩是个对朋友最热情的人，所以他的朋友很多，我家是常常座上客满的，连外国朋友都跟他亲善，如英国的哈代、狄更生、迦耐脱。”

徐志摩的交往活动，尤其是他与外国友人的交往，使他具有了一种品格。由于中国与世界文化的隔膜太远，由于国情、语言等差异，中国知识分子在世界性的交往中，往往充当了“孤独者”的角色。能像徐志摩这样以充分的认同而又不忘借他山之石以攻玉的诗人是很少的。如果他活得更长一些，随着他年龄的增长、影响的扩大，他一定会在促进东西方的交流与了解中起更为显著的作用。

说到中国现代新诗，1917年“新诗第一次出现在《新青年》四卷一号上，作者三人，……诗九首”，这正式宣告了中国现代诗歌的诞生。如果说尝试时期胡适一派自由诗人，为诗神解其棕缚，弃其枷锁，赢得了一套全新的锦绣和罗绮，那么，新月诗派的诗人则为现代诗神塑造了全新的风神秀骨。

从苏联回来后的徐志摩

受到新月派诗人尤其是徐志摩的启发和影响，诗人们开始把情感的反复吟咏当作了一种诗歌的创作的追求。徐志摩的一些名篇如《为要寻一颗明星》《苏苏》《再不见雷峰》《半夜深巷琵琶》等，都追求把活泼的情绪纳入一个严谨的结构框架，以有变化的复沓来获得音乐的效果。他的《为要寻一颗明星》诗歌的格式是单纯的，诗句也是单纯的，但却有丰富的节律变化。有意追求的复沓，大部分相同中微小的变异，造出既繁复又单纯的综合美感。徐志摩的复杂而认真的实践，使他成为“纯艺术”的忠实践行者，他的几乎每一个音节都是经过精心选择后安放在最妥切的位置上。而他还能以纯粹的口语，展示那种失去的没落的哀叹；那种无可奈何的眷恋，被极完美的音韵包裹起来，而且闪闪发光。

徐志摩的诗风受英国浪漫派诗歌的影响很大。卞之琳在《徐志摩诗重读志感》对此作过精确的说明：“尽管徐志摩在身体上、思想上、感情上，好动不好静，海内外奔波‘云游’，但是一落到英国、英国的十九世纪浪漫派诗境，他的思想感情发而为诗，就从没有能超出这个笼子。”“尽管听说徐志摩也译过美国民主诗人惠特曼的自由体诗，也译过法国象征派先驱波德莱尔的《死尸》，尽管他还对年轻人讲过未来派，他的诗思、诗艺几乎没有越出过十九世纪英国浪漫派雷池一步。”

徐志摩的爱情诗使他个人赢得了很大的声誉，他把自己的情感体验和情路历程倾吐在诗歌中，从而使自己的诗歌别具一格。

艾青说徐志摩“擅长的是爱情诗”，“他在女性面前显得特别饶舌”。朱自清指出：“他的情诗，为爱情而咏爱情：不一定是现实生活的表现,只是想象着自己保举自己作情人,如西方诗家一样。”茅盾认为：“我以为志摩的许多披着恋爱外衣的诗，不能够把来当作单纯的情诗看的；透过那恋爱的外衣，有他的那个对于人生的单纯信仰。”然而，徐志摩的理想是单纯的、非现实的。单纯到这个世界只有“爱”“美”“自由”，非现实到“起造一堵墙”，挡住四面八方的风和雨。胡适于是说：“这个现实世界太复杂了，他的单纯的信仰禁不起这个现实世界的摧毁……”。

尽管如此，徐志摩总是非常乐观，他的诗歌中还有乐观的调子。陈梦家说：“他的诗，永远是愉快的空气，不曾有一些儿伤感或颓废的调子，他的眼泪也闪耀着欢喜的圆光。这自我解放与空灵的飘忽，安放在他柔丽清爽的诗句中，给人总是那舒快的感悟。好像一只聪明玲珑的鸟，是欢喜，是怨，她唱的皆是美妙的歌。”陈西滢评他的诗，所谓不是平常的欧化，按说就是这个。又说他的诗的音调多近羯鼓饶钹，很少提琴洞箫等抑扬缠绵的风趣，那正是他老在跳着溅着的缘故。

徐志摩诗中这种生命的欢乐，来自他对生活的理想的执着与自信。他总是不知道风在哪个方向吹，他总是骑着一匹拐腿的瞎马向着黑夜里加鞭，而他总在幻想有一颗明星。陈梦家说徐志摩诗是“柔美流丽”的，徐志摩即使是在谈痛苦和死亡，也充满了浪漫色彩。但他在遇难前几年，现实冷酷，理想破灭，生活窘迫，到处碰壁，随之而来的是无可言状的悲哀和绝望。茅盾分析说：“一旦人生的转变出乎他意料之外，而且超过了他期待的耐心，于是他的曾经有过的单纯信仰发生动摇，于是他流入于怀疑的颓废了。”

晚期诗歌中，《残破》和《生活》这两首诗很有代表性。前者说“我”在“残破”的天地里，发出“残破”的音调，拨弄着“残破”的思想。后者则将生活比作：

“在妖魔的脏腑内挣扎，/ 头顶不见一线的天光，/ 这魂魄，在恐怖的压迫下，/ 除了消灭更有什么愿望？”

意境暗淡可怖，心如死灰。在《爱的灵感》中则发出了对“死亡”的召唤：

“……我就望见死，那个 / 美丽的永恒的世界；死，/ 我甘愿的投向，因为它 / 是光明与自由的诞生。”

原来诗人终生所孜孜以求的“单纯的信仰”——爱、美、自由，只有到“死亡”中才能实现。诗人的心早就死了。茅盾的评说最为有力，他说到了这时期的诗作“我们简直找不出什么带些‘光明’的诗句来，‘怀疑的颓废’到这时完全成熟，正和那些诗的技巧上‘成熟’了一样”。就是诗人保持的那块“爱情”的圣地，这时有的也只是情感的玩赏和肉欲的发泄。《“别拧我，疼”》《春的投生》《深夜》可资为证。

徐志摩从在康桥“吹着了一阵奇异的风，也许照着了什么奇异的月色”从此“倾向于分行的抒写”开始，到1931年唱着《我不知道风是在哪一个方向吹》吹上飞机，坠机身亡，十多年的诗歌创作，就写作题材而言，愈来愈狭窄；就表达的情感而言，由早期对“单纯的信仰”的单纯追求，流入了“怀疑的颓废”；就诗艺而言，那是一步步趋向圆熟。这就是我们对徐志摩诗歌创作轨迹的简要素描。

徐志摩

Xu
Zhi
Mo

关于 诗

徐志摩海宁故居。

徐志摩在浙江海宁硖石镇的故居实际上有两处，一处为老宅，一处为新宅。1897 年 1 月 15 日，徐志摩就降临在老宅第四进北厢楼里，徐志摩在老宅度过了他的童年和少年约 22 个春秋。四百八十年前建造的老宅由于破旧不堪，于 2001 年被拆掉了。我们如今看到的这栋二层楼中西合壁式小洋房是 1926 年徐志摩和陆小曼结婚前修建的新宅。这在 20 世纪 20 年代的中国农村无疑是一座令人惊叹的豪宅。徐志摩称此为他的“爱巢”。

康桥再会罢[①]

康桥，再会罢；
我心头盛满了别离的情绪，
你是我难得的知己，我当年
辞别家乡父母，登太平洋去，
（算来一秋二秋，已过了四度
春秋，浪迹在海外，美土欧洲）
扶桑风色，檀香山芭蕉况味，
平波大海，开拓我心胸神意，
如今都变了梦里的山河，
渺茫明灭，在我灵府的底里；
我母亲临别的泪痕，她弱手
向波轮远去送爱儿的巾色，
海风咸味，海鸟依恋的雅意，
尽是我记忆的珍藏，我每次

①此诗于1923年3月12日发表于上海《时事新报·学灯》，因格式排错，同年同月25日重排发表。

“

在英国伦敦，

在美丽康桥上。

拥有绝代容颜和才情的林徽因与风流倜傥的徐志摩邂逅互生情愫，

他们的爱情像一场烟花，璀璨过后只留一地残雪。

至此康桥在徐志摩的脑海中，挥之不去……

”

摩按，总不免心酸泪落，便想
理篋归家，重向母怀中匐伏，
回复我天伦挚爱的幸福；
我每想人生多少跋涉劳苦，
多少牺牲，都只是枉费无补，
我四载奔波，称名求学，毕竟
在知识道上，采得几茎花草，
在真理山中，爬上几个峰腰，
钧天妙乐，曾否闻得，彩红色，
可仍记得？——但我如何能回答？
我但自喜楼高车快的文明，
不曾将我的心灵污抹，今日
我对此古风古色，桥影藻密，
依然能坦胸相见，惺惺惜别。

康桥，再会罢！
你我相知虽迟，然这一年中
我心灵革命的怒潮，尽冲泻
在你妩媚河身的两岸，此后

清风明月夜，当照见我情热
狂溢的旧痕，尚留草底桥边，
明年燕子归来，当记我幽叹
音节，歌吟声息，缦烂的云纹
霞彩，应反映我的思想情感，
此日撒向天空的恋意诗心，
赞颂穆静腾辉的晚景，清晨
富丽的温柔；听！那和缓的钟声
解释了新秋凉绪，旅人别意，
我精魂腾跃，满想化人音波，
震天彻地，弥盖我爱的康桥，
如慈母之于睡儿，缓抱软吻；
康桥！汝永为我精神依恋之乡！
此去身虽万里，梦魂必常绕
汝左右，任地中海疾风东指，
我亦必纡道西回，瞻望颜色；
归家后我母若问海外交好，
我必首数康桥，在温清冬夜
蜡梅前，再细辨此日相与况味；

设如我星明有福，素愿竟酬，
则来春花香时节，当复西航，
重来此地，再捡起诗针诗线，
绣我理想生命的鲜花，实现
年来梦境缠绵的销魂踪迹，
散香柔韵节，增媚河上风流；
故我别意虽深，我愿望亦密，
昨宵明月照林，我已向倾吐
心胸的蕴积，今晨雨色凄清，
小鸟无欢，难道也为是怅别
情深，累藤长草茂，涕泪交零！

康桥！山中有黄金，天上有明星，
人生至宝是情爱交感，即使
山中金尽，天上星散，同情还
永远是宇宙间不尽的黄金，
不昧的明星；赖你和悦宁静
的环境，和圣洁欢乐的光阴，
我心我智，方始经爬梳洗涤，

徐志摩与第一位夫人张幼仪。

徐志摩高中毕业后正计划进入大学的时候，他父母已将他的婚姻大事定了下来。女方张幼仪是当时中国政界的显赫人物张君劢的妹妹，徐申如能攀附这门贵亲，当然是喜出望外，而志摩却执意反对。父子俩因为这件事吵了好几次。

当时的志摩对张幼仪一点都不了解，更不用说爱情。对于视爱情如生命的志摩，这是怎么也无法接受的。志摩的父母百般劝说无效，只得请来祖母，志摩挨不过祖母的哀求，最终忍痛接受这门婚事。

1915 年 10 月 29 日，志摩与幼仪结婚。婚后两个人没有一丝感情，生活没有一点乐趣。不久后，志摩便收拾行李到天津的北洋大学（天津大学）的预科攻读法科，两人联系甚少。

1921 年，张幼仪从中国来英国寻找志摩。当时志摩一心爱着林徽因，于是提出与幼仪离婚。幼仪见志摩并无爱她之心，也无法忍受这种若即若离的夫妇生活，于是答应了。

1922 年 3 月，志摩与幼仪在柏林离婚。

灵苗随春草怒生，沐日月光辉，
听自然音乐，哺啜古今不朽
——强半汝亲栽育——的文艺精英；
恍登万丈高峰，猛回头惊见
真善美浩瀚的光华，覆翼在
人道蠕动的下界，朗然照出
生命的经纬脉络，血赤金黄，
尽是爱主恋神的辛勤手绩；
康桥！你岂非是我生命的泉源？
你惠我珍品，数不胜数；最难忘
骞士德顿桥下的星磷坝乐，
弹舞殷勤，我常夜半凭阑干，
倾听牧地黑野中倦牛夜嚼，
水草间鱼跃虫嗤，轻挑静寞；
难忘春阳晚照，泼翻一海纯金，
淹没了寺塔钟楼，长垣短堞，
千百家屋顶烟突，白水青田，
难忘茂林中老树纵横；巨干上
黛薄荼青，却教斜刺的朝霞，

抹上些微胭脂春意，忸怩神色；
难忘七月的黄昏，远树凝寂，
像墨泼的山形，衬出轻柔暝色，
密稠稠，七分鹅黄，三分橘绿，
那妙意只可去秋梦边缘捕捉；
难忘榆荫中深宵清啭的诗禽，
一腔情热，教玫瑰噙泪点首，
满天星环舞幽吟，款住远近
浪漫的梦魂，深深迷恋香境；
难忘村里姑娘的腮红颈白；
难忘屏绣康河的垂柳婆娑，
娜娜的克莱亚，硕美的校友居；
——但我如何能尽数，总之此地
人天妙合，虽微如寸芥残垣，
亦不乏纯美精神，流贯其间，
而此精神，正如宛次宛土所谓
“通我血液，浃我心脏”，有“镇驯
矫饬之功”；我此去虽归乡土，
而临行怫怫，转若离家赴远；

康桥！我故里闻此，能弗怨汝
僭爱，然我自有谠言代汝答付；
我今去了，记好明春新杨梅
上市时节，盼望我含笑归来，
再见罢，我爱的康桥！

一九二二年八月十日

（大家诗歌典藏馆 提供）

1918年，徐志摩离开北大后去美国学习银行学，后因崇拜英国哲学家罗素，便来到了英国留学。在这期间，认识了林徽因的父亲林长民和他十六岁的女儿林徽因。

徐志摩频频拜访林长民，并沉醉在对林徽因的爱恋中，无法自拔。林长民在给徐志摩的信中说：“足下用情之烈令人感悚，徽亦惶恐不知何以为答，并无丝毫mockery（嘲笑），想足下误解了。”信末附言“徽徽问候”。

在情感挣扎中的徐志摩，经常漫步在康桥，是康桥的风光感染了他，他也用浪漫诗意的眼光看待康桥的风光。在文章中，他这样感叹：“我们的病根是‘忘本’。人是自然的产儿，就比枝头的花与鸟是自然的产儿；但我们不幸是文明人，入世深似一天，离自然远似一天。离开了泥土的花草，离开了水的鱼，能快活吗？”（选自徐志摩《我所知道的康桥》）

月下待杜鹃不来

看一回凝静的桥影，
数一数螺钿的波纹，
我倚暖了石栏的青苔，
青苔凉透了我的心坎；

月儿，你休学新娘羞，
把锦被掩盖你光艳首，
你昨宵也在此勾留，
可听她允许今夜来否？

听远村寺塔的钟声，
像梦里的轻涛吐复收，
省心海念潮的涨歇，
依稀漂泊踉跄的孤舟；

水粼粼，夜冥冥，思悠悠，
何处是我恋的多情友?
风飕飕，柳飘飘，榆钱斗斗，
令人长忆伤春的歌喉。

一九二三年

叫化活该

“行善的大姑，修好的爷，”
　　西北风尖刀似的猛刺着他的脸，
“赏给我一点你们吃剩的油水吧！”
　　一团模糊的黑影，挨紧在大门边。

“可怜我快饿死了，发财的爷，”
　　大门内有欢笑，有红炉，在玉杯；
“可怜我快冻死了，有福的爷，”
　　大门外西北风笑说：“叫化活该！”

我也是战栗的黑影一堆，
　　蠕伏在人道的前街；
我也只要一些同情的温暖，
　　遮掩我的剐残的余骸——

“儿自到伦敦以来，顿觉性灵益发开展，求学兴味益深，庶几有成，其在此乎？儿尤喜与英国名士交接，得益倍蓰，真所谓学不完的聪明。”

——徐志摩：《致双亲信七通（一）》

但这沉沉的紧闭的大门：谁来理睬；
街道上只冷风的嘲讽，“叫化活该！”

一九二三年冬

英国著名女作家凯瑟琳·曼斯菲尔德。

徐志摩一生最崇敬的女子便是曼殊斐儿，她是他理想主义的化身，却永生地存放在他的记忆里。

1922年7月，徐志摩去拜访了英国著名女作家曼殊斐儿。这次会见留给他毕生不忘的记忆。1923年1月9日，曼殊斐儿在法国枫丹白露逝世，时年三十五岁。

3月11日，得知这一噩耗的徐志摩悲痛难抑，于是他饱含感情地写下这首诗，《哀曼殊斐儿》一诗来寄托哀思，发表在3月18日《努力周报》第四十四期上。她的作品由徐志摩译著成《曼殊斐尔小说集》，并编入《徐志摩文集》出版。

哀曼殊斐儿[①]

我昨夜梦入幽谷，
　　听子规在百合丛中泣血，
我昨夜梦登高峰，
　　见一颗光明泪自天坠落。

古罗马的郊外有座墓园，
　　静偃着百年前客殇的诗骸；
百年后海岱士[②]黑辇之轮。
　　又喧响在芳丹卜罗[③]的青边。

说宇宙是无情的机械，
　　为甚明灯似的理想闪耀前？
说造化是真善美之表现，
　　为甚五彩虹不常住天边？

①曼殊斐儿，Katherine Manthfield，今译凯瑟琳·曼斯菲尔德（1888-1923），新西兰著名女作家。
②海岱士，Hades，今译哈德斯，古希腊神话中的冥界之王。
③芳丹卜罗，Fontainebleau，现通译枫丹白露，法国著名景点。

我与你虽仅一度相见——
　　但那二十分不死的时间！
谁能信你那仙姿灵态，
　　竟已朝露似的永别人间？

非也！生命只是个实体的幻梦：
　　美丽的灵魂，永承上帝的爱宠；
三十年小住，只似昙花之偶现，
　　泪花里我想见你笑归仙宫。

你记否伦敦约言，曼殊斐儿！
　　今夏再见于琴妮湖[1]之边；
琴妮湖永抱着白朗矶[2]的雪影，
　　此日我怅望云天，泪下点点！

我当年初临生命的消息，
　　梦觉似的骤感恋爱之庄严；

①琴妮湖，Lake Geneva，今译日内瓦湖。法方称莱芒湖。

②白朗矶，法语 Mont Blanc，今译勃朗峰，阿尔卑斯山的最高峰。

生命的觉悟是爱之成年，
　　我今又因死而感生与恋之涯沿！

同情是掼不破的纯晶，
　　爱是实现生命之唯一途径：
死是座伟秘的洪炉，此中
　　凝炼万象所从来之神明。

我哀思焉能电花似的飞骋，
　　感动你在天日遥远的灵魂？
我洒泪向风中遥送，
　　问何时能戳破生死之门？

一九二三年三月十一日

一个祈祷[1]

请听我悲哽的声音，祈求于我爱的神；
人间哪一个的身上，不带些儿创与伤！
哪有高洁的灵魂，不经地狱，便登天堂；
我是肉薄过刀山炮烙，闯度了奈何桥，
方有今日这颗赤裸裸的心，自由高傲！

这颗赤裸裸的心，请收了吧，我的爱神！
因为除了你更无人，给他温慰与生命，
否则，你就将他磨成齑粉，散入西天云，
但他精诚的颜色，却永远点染你春朝的
新思，秋夜的梦境；怜悯吧，我的爱神！

---

①此诗原载1923年7月1日《晨报·文学旬刊》。

石虎胡同七号[①]

我们的小园庭，有时荡漾着无限温柔：
善笑的藤娘，袒酥怀任团团的柿掌绸缪，
百尺的槐翁，在微风中俯身将棠姑抱搂，
黄狗在篱边，守候睡熟的珀儿，它的小友，
小雀儿新制求婚的艳曲，在媚唱无休——
我们的小园庭，有时荡漾着无限温柔。

我们的小园庭，有时淡描着依稀的梦景；
雨过的苍茫与满庭荫绿，织成无声幽冥，
小蛙独坐在残兰的胸前，听隔院蚓鸣，
一片化不尽的雨云，倦展在老槐树顶，
掠檐前作圆形的舞旋，是蝙蝠，还是蜻蜓？——
我们的小园庭，有时淡描着依稀的梦景。

---

①石虎胡同，在北京西单牌楼，曾是松坡图书馆，系专藏外文书籍之处。徐志摩在此工作过。

石虎胡同七号

我们的小园庭，有时轻喟着一声奈何；
奈何在暴雨时，雨槌下捣烂鲜红无数，
奈何在新秋时，未凋的青叶惆怅地辞树，
奈何在深夜里，月儿乘云艇归去，西墙已度，
远巷薤露的乐音，一阵阵被冷风吹过——
我们的小园庭，有时轻喟着一声奈何。

我们的小园庭，有时沉浸在快乐之中；
雨后的黄昏，满院只美荫，清香与凉风，
大量的蹇翁，巨樽在手，蹇足直指天空，
一斤，两斤，杯底喝尽，满怀酒欢，满面酒红，
连珠的笑响中，浮沉着神仙似的酒翁——
我们的小园庭，有时沉浸在快乐之中。

一九二三年七月

西湖的旖旎风光触发了新月派诗人徐志摩的诗情。

徐志摩的西湖诗最为盛名的要推《月下雷峰影片》和《再不见雷峰》了。那是1923年9月25日，适逢八月十五中秋佳节，徐志摩原想约在杭州西湖烟霞洞旁休养的胡适共赏秋月。因到杭时间已晚，就陪同来杭州玩的堂弟绎义去西湖赏月。这是诗人第一次观赏雷峰塔。月照西湖，撒下一片银光，湖心映出一座雷峰塔影。诗人神思飞扬，诗兴大发，当日写下了一首抒情诗《月下雷锋影片》。

月下雷峰影片[①]

我送你一个雷峰塔影，
　　满天稠密的黑云与白云；
我送你一个雷峰塔顶，
　　明月泻影在眠熟的波心。

深深的黑夜，依依的塔影，
　　团团的月彩，纤纤的波鳞——
假如你我荡一支无遮的小艇，
　　假如你我创一个完全的梦境！

一九二三年九月二十六日

①志摩在《西湖记》中说："三潭映月——我不爱什么九曲，也不爱什么三潭，我爱在月光下看雷锋静极了的影子——我见了那个，便不要性命。"

1922年秋徐志摩回国后，他的诗情才情并没有中断，继续诗歌创作并公开在各种杂志上发表。

《志摩的诗》是徐志摩自己编选的第一个诗集，集中大都是1922—1924年之间的作品，这个诗集的出版，使他名声大振。在这本诗集中可以约略见出徐志摩在回国初年的生活思想状况，以及他所“泛滥的感情”。大致是：抒发理想和表现爱情的；暴露社会黑暗和表达对劳苦人民的同情的；探讨生活哲理的；以及写景抒情的。他满怀英国康桥式的人生理想，期望在中国实现他的理想主义。

灰色的人生

我想——我想开放我的宽阔的粗暴的嗓音，唱一支野蛮的大胆的骇人的新歌；
我想拉破我的袍服，我的整齐的袍服，露出我的胸膛，肚腹，肋骨与筋络；
我想放散我一头的长发，像一个游方僧似的散披着一头的乱发；
我也想跣我的脚，跣我的脚，在巉牙似的道上，快活地，无畏地走着。

我要调谐我的嗓音，傲慢的，粗暴的，唱一阕荒唐的，摧残的，弥漫的歌调；
我伸出我的巨大的手掌，向着天与地，海与山，无餍地求讨，寻捞；
我一把揪住了西北风，问他要落叶的颜色；
我一把揪住了东南风，问他要嫩芽的光泽；

我蹲身在大海的边旁，倾听他的伟大的酣睡的声浪；
我捉住了落日的彩霞，远山的露霭，秋月的明辉，散放在我的发上，胸前，袖里，脚底……

我只是狂喜地大踏步向前——向前——口里唱着暴烈的，粗伧的，不成章的歌调；
来，我邀你们到海边去，听风涛震撼太空的声调；
来，我邀你们到山中去，听一柄利斧斫伐老树的清音；
来，我邀你们到密室里去，听残废的，寂寞的灵魂的呻吟；
来，我邀你们到云霄外去，听古怪的大鸟孤独的悲鸣；
来，我邀你们到民间去，听衰老的，病痛的，贫苦的，残毁的，受压迫的，烦闷的，奴服的，懦怯的，丑陋的，罪恶的，自杀的，——和着深秋的风声与雨声——合唱的“灰色的人生”！

一九二三年十月十二日

常州天宁寺闻礼忏声[1]

有如在火一般可爱的阳光里，偃卧在长梗的，杂乱的丛草里，听初夏第一声的鹧鸪，从天边直响入云中，从云中又回响到天边；
有如在月夜的沙漠里，月光温柔的手指，轻轻的抚摩着一颗颗热伤了的沙砾，在鹅绒般软滑的热带的空气里，听一个骆驼的铃声，轻灵的，轻灵的，在远处响着，近了，近了，又远了……
有如在一个荒凉的山谷里，大胆的黄昏星，独自临照着阳光死去了的宇宙，野草与野树默默的祈祷着。听一个瞎子，手扶着一个幼童，铛的一响算命锣，在这黑沉沉的世界里回响着：
有如在大海里的一块礁石上，浪涛像猛虎般的狂扑着，天空紧紧的绷着黑云的厚幕，听大海向那威吓着的风暴，低声的，柔声的，忏悔它一切的罪恶；

①此诗初载1923年11月11日《晨报·文学旬报》，署名徐志摩。

徐志摩铜像。

1923年秋，徐志摩来到陆小曼的故乡江苏常州，被流传千年的天宁禅寺佛乐梵呗深深打动，创作了散文诗《常州天宁寺闻礼忏声》。

2013年5月26日，“徐志摩闻天宁梵呗”铜像在天宁寺山门广场西南侧正式亮相。铜像以徐志摩听闻天宁梵呗为主造型，净高2米，宽1.4米，重约500公斤。铜像端坐在太湖石上，周边配有徐志摩《常州天宁寺闻礼忏声》全文及天宁梵呗介绍。

有如在喜马拉雅的顶颠，听天外的风，追赶着天外的云的急步声，在无数雪亮的山壑间回响着；
有如在生命的舞台的幕背，听空虚的笑声，失望与痛苦的呼吁声，残杀与淫暴的狂欢声，厌世与自杀的高歌声，在生命的舞台上合奏着；
我听着了天宁寺的礼忏声！
这是哪里来的神明？人间再没有这样的境界！
这鼓一声，钟一声，磬一声，木鱼一声，佛号一声……乐音在大殿里，迂缓的，曼长的回荡着，无数冲突的波流谐合了，无数相反的色彩净化了，无数现世的高低消灭了……
这一声佛号，一声钟，一声鼓，一声木鱼，一声磬，谐音盘礴在宇宙间——解开一小颗时间的埃尘，收束了无量数世纪的因果；
这是哪里来的大和谐——星海里的光彩，大千世界的音籁，真生命的洪流：止息了一切的动，一切的扰攘；
在天地的尽头，在金漆的殿椽间，在佛像的眉宇间，在我的衣袖里，在耳鬓边，在官感里，在心灵里，在梦里……
在梦里，这一瞥间的显示，青天，白水，绿草，慈母温软的胸怀，是故乡吗？是故乡吗？

光明的翅羽，在无极中飞舞！

大圆觉底里流出的欢喜，在伟大的，庄严的，寂灭的，无疆的，

和谐的静定中实现了！

颂美呀，涅槃！赞美呀，涅槃！

一九二三年十月二十六日

沪杭车中[1]

匆匆匆！催催催！
一卷烟，一片山，几点云影，
一道水，一条桥，一支橹声，
一林松，一丛竹，红叶纷纷：

艳色的田野，艳色的秋景，
梦境似的分明，模糊，消隐，——
催催催！是车轮还是光阴？
催老了秋容，催老了人生！

一九二三年十月三十日

①此诗发表于1923年《小说月报》第14卷第11号，原名《沪杭道中》。

1924 年 4 月 12 日，印度诗哲泰戈尔来华访问。泰戈尔的中国之旅，徐志摩一路伴其左右，他既是泰氏的御用翻译，又是泰氏在中国的私人导游。两人一起欣赏龙华盛开的桃花，一起游览西湖的美景，一起沉浸在清华园的学术氛围之中。几乎泰氏的每一张留影里都有一个身穿长袍的徐志摩。

同年 5 月 30 日，徐志摩随泰戈尔从上海乘船赴日，两人继续着意犹未尽的交谈。告别之际，徐志摩问泰翁有没有落下什么东西，泰戈尔回答说：“我把心落在中国了。”从此之后泰戈尔与徐志摩感情日益深厚。

泰戈尔曾为徐志摩和林徽因牵线搭桥，可惜一番好心最终并未促成好事。他特意为林徽因赋诗：“天空的蔚蓝，/ 爱上了大地的碧绿，/ 他们之间的微风叹了声‘哎’!”

先生！先生！

钢丝的车轮
在偏僻的小巷内飞奔——
“先生，我给先生请安您哪，先生。”

迎面一蹲身，
一个单布褂的女孩颤动着呼声——
雪白的车轮在冰冷的北风里飞奔。

紧紧的跟，紧紧的跟，
破烂的孩子追赶着铄亮的车轮——
“先生，可怜我一大化吧，善心的先生！”

“可怜我的妈，
她又饿又冻又病，躺在道儿边直呻——
您修好，赏给我们一顿窝窝头您哪，先生！”

“没有带子儿，”
坐车的先生说，车里戴大皮帽的先生——
飞奔，急转的双轮，紧迫，小孩的呼声。

一路旋风似的土尘，
土尘里飞转着银晃晃的车轮——
“先生，可是您出门不能不带钱您哪，先生。”

“先生！……先生！”
紫涨的小孩，气喘着，断续的呼气——
飞奔，飞奔，橡皮的车轮不住的飞奔。

飞奔……先生……
飞奔……先生……
先生……先生……先生……

一九二三年十一月

夜半松风

这是冬夜的山坡，
坡下一座冷落的僧庐，
庐内一个孤独的梦魂：
　在忏悔中祈祷，在绝望中沉沦；——

为什么这怒叫，这狂啸，
鼍鼓与金钲与虎与豹？
为什么这幽诉，这私慕？
烈情的惨剧与人生的坎坷——
　又一度潮水似的淹没了
这彷徨的梦魂与冷落的僧庐？

一九二四年二月二十二日

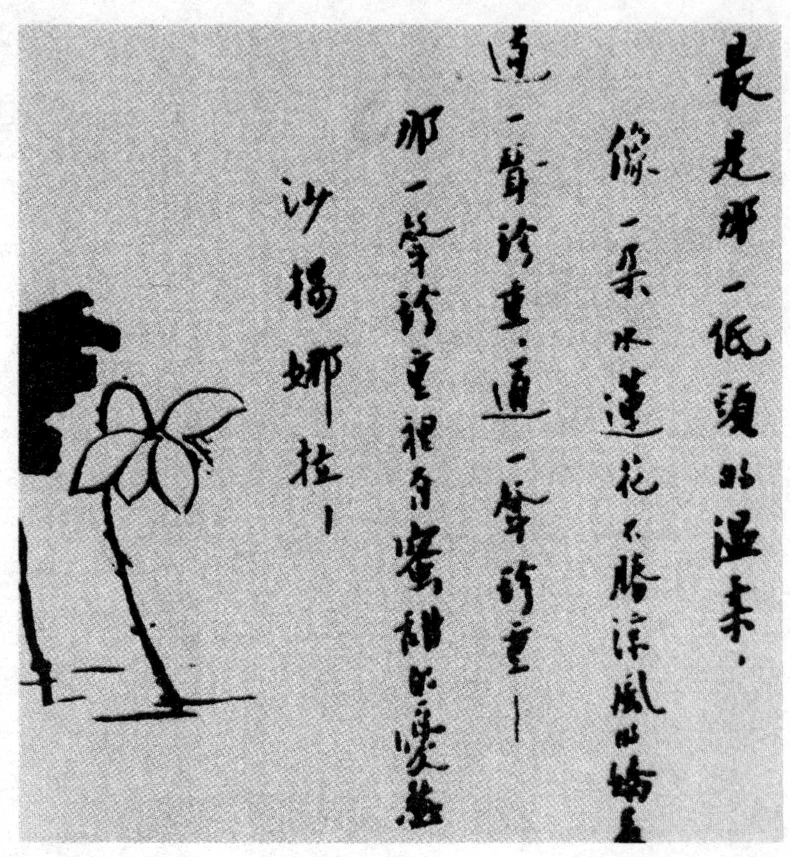

（大家诗歌典藏馆 提供）

徐志摩手迹。

当代海宁籍书画家唐吟方在评价徐志摩的书法成就时说：“（徐志摩的）笔墨风流洒脱，提按顿挫敏捷圆满，意致与郑孝胥书法相近。”其不仅道出了徐志摩书法的特征，也道出了徐志摩后期书法的师承关系。

沙扬娜拉一首——赠日本女郎[①]

最是那一低头的温柔，
像一朵水莲花不胜凉风的娇羞，
道一声珍重，道一声珍重，
那一声珍重里有蜜甜的忧愁——
沙扬娜拉！

① 1924 年 5 月徐志摩在随泰戈尔访日期间写成组诗《沙扬娜拉十八首》，曾收入 1925 年 8 月的初版本《志摩的诗》，再版时作者删去前十七首，仅留最后一首，并加了一个副题：赠日本女郎。沙扬娜拉，日语“再见”的音译。

去　罢①

去罢，人间，去罢！
　　我独立在高山的峰上；
去罢，人间，去罢！
　　我面对着无极的穹苍。

去罢，青年，去罢！
　　与幽谷的香草同埋；
去罢，青年，去罢！
　　悲哀付与暮天的群鸦。

去罢，梦乡，去罢！
　　我把幻景的玉杯摔破；
去罢，梦乡，去罢！
　　我笑受山风与海涛之贺。

①原题为《诗一首》，载于同年6月17日《晨报副镌》，署名徐志摩。《晨报副刊》从1921年7月起，由孙伏园任主编，不久《晨报副刊》改名为《晨报副镌》。

去罢，种种，去罢！

　　当前有插天的高峰；

去罢，一切，去罢！

　　当前有无穷的无穷！

一九二四年五月二十日

为要寻一个明星[①]

我骑着一匹拐腿的瞎马，
　　向着黑夜里加鞭；——
　　向着黑夜里加鞭，
我跨着一匹拐腿的瞎马。

我冲入这黑绵绵的昏夜，
　　为要寻一颗明星；——
　　为要寻一颗明星，
我冲入这黑茫茫的荒野。

累坏了，累坏了我胯下的牲口，
　　那明星还不出现；——
　　那明星还不出现，
累坏了，累坏了马鞍上的身手。

---

①原载1924年12月1日《晨报六周年纪念增刊》。

这回天上透出了水晶似的光明，
　　荒野里倒着一只牲口，
　　黑夜里躺着一具尸首。——
这回天上透出了水晶似的光明！

一九二四年十一月

“他的人生观真是一种单纯信仰，这其中只有三个字，一个是爱，一个是自由，一个是美。他梦想这三个理想的条件能汇合在一个人生命中，这是他的单纯信仰。”

—— 胡适对徐志摩的评价

谁知道[1]

我在深夜里坐着车回家——
一个褴褛的老头他使着劲儿拉；
　　天上不见一个星，
　　街上没有一只灯：
　　那车灯的小火
　　冲着街心里的土——
　　左一个颠簸，右一个颠簸，
　　拉车的走着他的踉跄步；
　　……

“我说拉车的，这道儿哪儿能这么的黑？”
“可不是先生？这道儿真——真黑！”
他拉——拉过了一条街，穿过了一座门，
转一个弯，转一个弯，一般的暗沉沉；——

①此诗原载1924年11月9日《晨报副刊》。

天上不见一个星，

街上没有一个灯：

那车灯的小火

蒙着街心里的土——

左一个颠簸，右一个颠簸，

拉车的走着他的踉跄步；

……

“我说拉车的，这道儿哪能这么的静？”

“可不是先生？这道儿真——真静！”

他拉——紧贴着一垛墙，长城似的长，

过一处河沿，转入了黑遥遥的旷野；——

天上不露一个星，

道上没有一只灯：

那车灯的小火

晃着道儿上的土——

左一个颠簸，右一个颠簸，

拉车的走着他的踉跄步；

……

“我说拉车的，怎么这儿道上一个人都不见？”
“倒是有，先生，就是您不大瞧得见！”
我骨髓里一阵子的冷——
那边青缭缭的是鬼还是人？
仿佛听着呜咽与笑声——
啊，原来这遍地都是坟！
　　天上不亮一颗星，
　　道上没有一只灯：
　　那车灯的小火
　　缭着道儿上的土——
　　左一个颠簸，右一个颠簸，
　　拉车的跨着他的踉跄步；
　　……

“我说——我说拉车的喂！这道儿哪……哪儿有这么远？”
“可不是先生？这道儿真——真远！”
“可是……你拉我回家……你走错了道儿没有？”
“谁知道先生！谁知道走错了道儿没有！”
……

我在深夜里坐着车回家，
一堆不相识的褴褛他使着劲儿拉；
　　天上不明一颗星，
　　道上不见一只灯：
　　只那车灯的小火
　　袅着道儿上的土——
　　左一个颠簸，右一个颠簸。
　　拉车的跨着他的蹒跚步。

朝雾里的小草花[1]

这岂是偶然，小玲珑的野花！
　　你轻含着鲜露颗颗，
　　怦动的像是慕光明的花蛾，
在黑暗里想念焰彩，晴霞；

我此时在这蔓草丛中过路，
　　无端的内感，惘怅与惊讶，
　　在这迷雾里，在这岩壁下，
思忖着，泪怦怦的，人生与鲜露？

①此诗原载1924年12月5日《晨报副刊·文学旬刊》，收入1928年8月上海新月书店版《志摩的诗》。

徐志摩送给胡适的签名照。

徐志摩的诗歌集共有四本，即《志摩的诗》《翡冷翠的一夜》《猛虎集》和《云游》。徐志摩先后在美国和英国留学过。发达资本主义社会繁华的物质生活，上流阶层富有闲散的生活景况，英国浪漫主义、印象主义、唯美主义的文学作品，都给年轻的徐志摩留下了深深的烙印。理想的狂热触发了他创作的欲望，在《猛虎集序》中感叹“诗情真有些像是山洪暴发，不分方向的乱冲”。

在那山道旁[1]

在那山道旁，一天雾蒙蒙的朝上，
初生的小蓝花在草丛里窥觑，
我送别她归去，与她在此分离，
在青草里飘拂，她的洁白的裙衣。

我不曾开言，她亦不曾告辞，
驻足在山道旁，我暗暗的寻思；
“吐露你的秘密，这不是最好时机？”——
露湛的小草花，仿佛恼我的迟疑。

为什么迟疑，这是最后的时机，
在这山道旁，在这雾茫的朝上？
收集了勇气，向着她我旋转身去：——

①此诗原载1924年12月15日《晨报副刊·文学旬刊》，收入1928年8月上海新月书店版《志摩的诗》。

但是啊！为什么她这满眼凄惶？

我咽住了我的话，低下了我的头：
水灼与冰激在我的心胸间回荡，
啊，我认识了我的命运，她的忧愁，——
在这浓雾里，在这凄清的道旁！

在那天朝上，在雾茫茫的山道旁，
新生的小蓝花在草丛里睥睨，
我目送她远去，与她从此分离——
在青草间飘拂，她那洁白的裙衣！

雪花的快乐[①]

假若我是一朵雪花，
翩翩的在半空里潇洒，
　　我一定认清我的方向——
　　飞飏，飞飏，飞飏，——
这地面上有我的方向。

不去那冷寞的幽谷，
不去那凄清的山麓，
　　也不上荒街去惆怅——
　　飞飏，飞飏，飞飏，——
你看，我有我的方向！

在半空里娟娟的飞舞，
认明了那清幽的住处，

---

①此诗发表于1925年1月17日《现代评论》第1卷第6期。

等着她来花园里探望——

飞飏，飞飏，飞飏，——

啊，她身上有朱砂梅的清香！

那时我凭借我的身轻，

盈盈的，沾住了她的衣襟，

贴近她柔波似的心胸——

消溶，消溶，消溶——

溶入了她柔波似的心胸！

一九二四年十二月三十日

我有一个恋爱

我有一个恋爱；——
我爱天上的明星；
我爱它们的晶莹：
　　人间没有这异样的神明。

在冷峭的暮冬的黄昏，
在寂寞的灰色的清晨。
在海上，在风雨后的山顶——
　　永远有一颗，万颗的明星！

山涧边小草花的知心，
高楼上小孩童的欢欣，
旅行人的灯亮与南针：——
　　万万里外闪烁的精灵！

崇福寺（嘉庆年间重建）。

俗称东寺，唐代诗人顾况改建。徐志摩曾在东寺旁三不朽祠的横经阁住过，山顶智标塔始建于东晋，后数次毁损数次重建。

我有一个破碎的魂灵，
像一堆破碎的水晶，
散布在荒野的枯草里——
　　饱啜你一瞬瞬的殷勤。

人生的冰激与柔情，
我也曾尝味，我也曾容忍；
有时阶砌下蟋蟀的秋吟，
　　引起我心伤，逼迫我泪零。

我袒露我的坦白的胸襟，
献爱与一天的明星，
任凭人生是幻是真，
地球在或是消泯——
　　太空中永远有不昧的明星！

（写作年份不详）二十六日，半夜

难　得

难得，夜这般的清静，
　　难得，炉火这般的温，
更是难得，无言的相对，
　　一双寂寞的灵魂！

也不必筹营，也不必详论，
　　更没有虚骄，猜忌与嫌憎，
只静静的坐对着一炉火，
　　只静静的默数远巷的更。

喝一口白水，朋友，
　　滋润你的干裂的口唇；
你添上几块煤，朋友，
　　一炉的红焰感念你的殷勤。

在冰冷的冬夜，朋友，
　　人们方始珍重难得的炉薪；
在这冰冷的世界，
　　方始凝结了少数同情的心！

婴　儿

我们要盼望一个伟大的事实出现，我们要守候一个馨香的婴儿出世：——

你看他那母亲在她生产的床上受罪！

她那少妇的安详，柔和，端丽，现在在剧烈的阵痛里变形成不可信的丑恶：你看她那遍体的筋络都在她薄嫩的皮肤底里暴涨着，可怕的青色与紫色，像受惊的水青蛇在田沟里急泅似的，汗珠站在她的前额上像一颗弹的黄豆，她的四肢与身体猛烈的抽搐着，畸屈着，奋挺着，纠旋着，仿佛她垫着的席子是用针尖编成的，仿佛她的帐围是用火焰织成的；

一个安详的，镇定的，端庄的，美丽的少妇，现在在绞痛的惨酷里变形成魔[1]鬼似的可怖：她的眼，一时紧紧的阖着，一时巨大的睁着，她那眼，原来像冬夜池潭里反映着的明星，现在吐露着青黄色的凶焰，眼珠像是烧红的炭火，映射出她灵魂最后的奋斗，她的原来朱红色的口唇，现在像是炉

① 1925 年 8 月版《志摩的诗》“魔”为“魇”。

底的冷灰，她的口颤着，撅着，扭着，死神的热烈的亲吻不容许她一息的平安，她的发是散披着，横在口边，漫在胸前，像揪乱的麻丝，她的手指间紧抓着几穗拧下来的乱发；

这母亲在她生产的床上受罪：——

但她还不曾绝望，她的生命挣扎着血与肉与骨与肢体的纤微，在危崖的边沿上，抵抗着，搏斗着，死神的逼迫；

她还不曾放手，因为她知道（她的灵魂知道！）；这苦痛不是无因的，因为她知道她的胎宫里孕育着一点比她自己更伟大的生命的种子，包涵着一个比一切更永久的婴儿；

因为她知道这苦痛是婴儿要求出世的征候，是种子在泥土里爆裂成美丽的生命的消息，是她完成她自己生命的使命的时机；

因为她知道这忍耐是有结果的，在她剧痛的昏瞀中，她仿佛听着上帝准许人间祈祷的声音，她仿佛听着天使们赞美未来的光明的声音；

因此她忍耐着，抵抗着，奋斗着……她抵拼绷断她统体的纤微，她要赎出在她那胎宫里动荡着的生命，在她一个完全，美丽的婴儿出世的盼望中，最锐利，最沉酣的痛感逼成了最锐利最沉酣的快感……

“志摩，情才，亦一奇才也，以诗著，更以散文著，吾于白话诗念不下去，独于志摩诗。”

——林语堂《新丰折臂翁·跋》

残 诗

怨谁？怨谁？这不是青天里打雷？
关着，锁上；赶明儿瓷花砖上堆灰！
别瞧这白石台阶儿光滑，赶明儿，唉，
石缝里长草，石板上青青的全是莓！
那廊下的青玉缸里养着鱼，真凤尾，
可还有谁给换水，谁给捞草，谁给喂？
要不了三五天准翻着白肚鼓着眼，
不浮着死，也就让冰分儿压一个扁！
顶可怜是那几个红嘴绿毛的鹦哥，
让娘娘教得顶乖，会跟着洞箫唱歌，
真娇养惯，喂食一迟，就叫人名儿骂，
现在，您叫去！就剩空院子给您答话！……

一九二五年一月

这是一个懦怯的世界

这是一个懦怯的世界:
容不得恋爱,容不得恋爱!
披散你的满头发,
赤露你的一双脚;
　　跟着我来,我的恋爱,
抛弃这个世界
殉我们的恋爱!

我拉着你的手,
爱,你跟着我走;
　　听凭荆棘把我们的脚心刺透,
　　听凭冰雹劈破我们的头,
你跟着我走,
我拉着你的手,
　　逃出了牢笼,恢复我们的自由!

　　跟着我来，

　　我的恋爱！

人间已经掉落在我们的后背，——

看呀，这不是白茫茫的大海？

白茫茫的大海，

白茫茫的大海，

　　无边的自由，我与你与恋爱！

顺着我的指头看，

那天边一小星的蓝——

　　那是一座岛，岛上有青草，

　　鲜花，美丽的走兽与飞鸟；

快上这轻快的小艇，

去到那理想的天庭——

恋爱，欢欣，自由——辞别了人间，永远！

一九二五年二月

多谢天！我的心又一度的跳荡

多谢天！我的心又一度的跳荡，
这天蓝与海青与明洁的阳光，
驱净了梅雨时期无欢的踪迹，
也散放了我心头的网罗与纽结，
像一朵曼陀罗花英英的露爽，
在空灵与自由中忘却了迷惘：——
迷惘，迷惘！也不知来自何处，
囚禁着我心灵的自然的流露，
可怖的梦魇，黑夜无边的惨酷，
苏醒的盼切，只增剧灵魂的麻木！
曾经有多少的白昼，黄昏，清晨，
嘲讽我这蚕茧似不生产的生存？
也不知有几遭的明月，星群，晴霞，
山岭的高亢与流水的光华……
辜负！辜负自然界叫唤的殷勤，

惊不醒这沉醉的昏迷与顽冥!

如今，多谢这无名的博大的光辉，
在艳色的青波与绿岛间萦洄，
更有那渔船与航影，亭亭的黏附
在天边，唤起辽远的梦景与梦趣:
我不由的惊悚，我不由的感愧，
（有时微笑的妩媚是启悟的棒槌！）
是何来倏忽的神明，为我解脱
忧愁，新竹似的豁裂了外箨，
透露内里的青篁，又为我洗净
障眼的盲翳，重见宇宙间的欢欣。

这或许是我生命重新的机兆;
大自然的精神！容纳我的祈祷，
容许我的不踌躇的注视，容许
我的热情的献致，容许我保持
这显示的神奇，这现在与此地，
这不可比拟的一切间隔的毁灭!

（大家诗歌典藏馆 提供）

《志摩的诗》第一版线装。

本书首版是诗人于1925年8月自费排印聚珍宋版线装本，用宣纸印，右翻竖版，196页，由新月书店出版，中华书局代印。

我更不问我的希望，我的惆怅，
未来与过去只是渺茫的幻想，
更不向人间访问幸福的进门，
只求每时分给我不死的印痕，——
变一颗埃尘，一颗无形的埃尘，
追随着造化的车轮，进行，进行，……

一九二五年三月前作

天国的消息[①]

可爱的秋景！无声的落叶，
轻盈的，轻盈的，掉落在这小径，
竹篱内，隐约的，有小儿女的笑声：

呖呖的清音，缭绕着村舍的静谧，
仿佛是幽谷里的小鸟，欢噪着清晨，
吹散了昏夜的晦塞，开始无限光明。

霎那的欢欣，昙花似的涌现，
开豁了我的情绪，忘却了春恋，
人生的惶惑与悲哀，惆怅与短促——
在这稚子的欢笑声里，想见了天国！

晚霞泛滥着金色的枫林，

① 1925 年 3 月前作。此诗收入 1928 年 8 月上海新月书店版《志摩的诗》。

凉风吹拂着我孤独的身形；

我灵海里啸响着伟大的波涛，

应和更伟大的脉搏，更伟大的灵潮！

苏　苏

苏苏是一痴心的女子，
　　像一朵野蔷薇，她的丰姿；
　　像一朵野蔷薇，她的丰姿——
来一阵暴风雨，摧残了她的身世。

这荒草地里有她的墓碑；
　　淹没在蔓草里，她的伤悲；
　　淹没在蔓草里，她的伤悲——
啊，这荒土里化生了血染的蔷薇！

那蔷薇是痴心女的灵魂，
　　在清早上受清露的滋润，
　　到黄昏里有晚风来温存，
更有那长夜的慰安，看星斗纵横。

你说这应分是她的平安？

　　但运命又叫无情的手来攀，

　　攀，攀尽了青条上的灿烂，——

可怜呵，苏苏她又遭一度的摧残！

一九二五年五月

翡冷翠现通译佛罗伦萨，意大利的城市。

《翡冷翠的一夜》是徐志摩的第二个诗集，是他1925至1927年部分诗歌创作的汇集。这一时期徐志摩的思想和生活发生了一个较大的波折。

1924年4月，他在北京认识了陆小曼，并着了魔似的与她热恋起来，此事招致社会的非议和家庭的反对。但他俩全不顾这一切，可一时又难以解决，徐志摩在十分痛苦和矛盾的心情下，于1925年3月10日启程出国远游，想暂时摆脱一下生活上的苦恼和困境。他在意大利的翡冷翠（即佛罗伦萨）住了一段时间，他将他的伤悲，他的感触，托付纸笔，写了不少诗，因此，这部诗集就题名为《翡冷翠的一夜》。《翡冷翠的一夜》，可以看作是记叙了当时他和陆小曼之间的感情波澜，他的炙烈的感情和无法摆脱世俗偏见的痛苦。

翡冷翠[①]的一夜

你真的走了，明天？那我，那我，……
你也不用管，迟早有那一天；
你愿意记着我，就记着我，
要不然趁早忘了这世界上
有我，省得想起时空着恼，
只当是一个梦，一个幻想；
只当是前天我们见的残红，
怯怜怜的在风前抖擞，一瓣，
两瓣，落地，叫人踩，变泥……
唉，叫人踩，变泥——变了泥倒干净，
这半死不活的才叫是受罪，
看着寒伧，累赘，叫人白眼——
天呀！你何苦来，你何苦来……
我可忘不了你，那一天你来，

---

①翡冷翠，Firenze，今译佛罗伦萨，意大利中部的一个城市。

就比如黑暗的前途见了光彩，
你是我的先生，我爱，我的恩人，
你教给我什么是生命，什么是爱，
你惊醒我的昏迷，偿还我的天真。
没有你我哪知道天是高，草是青？
你摸摸我的心，它这下跳得多快；
再摸我的脸，烧得多焦，亏这夜黑
看不见；爱，我气都喘不过来了，
别亲我了；我受不住这烈火似的活，
这阵子我的灵魂就像是火砖上的
熟铁，在爱的槌子下，砸，砸，火花
四散的飞洒……我晕了，抱着我，
爱，就让我在这儿清静的园内，
闭着眼，死在你的胸前，多美！
头顶白杨树上的风声，沙沙的，
算是我的丧歌，这一阵清风，
橄榄林里吹来的，带着石榴花香，
就带了我的灵魂走，还有那萤火，
多情的殷勤的萤火，有他们照路，

我到了那三环洞的桥上再停步，
听你在这儿抱着我半暖的身体，
悲声的叫我，亲我，摇我，咂我，……
我就微笑的再跟着清风走，
随他领着我，天堂，地狱，哪儿都成，
反正丢了这可厌的人生，实现这死
在爱里，这爱中心的死，不强如
五百次的投生？……自私，我知道，
可我也管不着……你伴着我死？
什么，不成双就不是完全的“爱死”，
要飞升也得两对翅膀儿打伙，
进了天堂还不一样的要照顾，
我少不了你，你也不能没有我；
要是地狱，我单身去你更不放心，
你说地狱不定比这世界文明
（虽则我不信，）像我这娇嫩的花朵，
难保不再遭风暴，不叫雨打，
那时候我喊你，你也听不分明，——
那不是求解脱反投进了泥坑，

倒叫冷眼的鬼串通了冷心的人，
笑我的命运，笑你懦怯的粗心？
这话也有理，那叫我怎么办呢？
活着难，太难，就死也不得自由，
我又不愿你为我牺牲你的前程……
唉！你说还是活着等，等那一天！
有那一天吗？——你在，就是我的信心；
可是天亮你就得走，你真的忍心
丢了我走？我又不能留你，这是命；
但这花，没阳光晒，没甘露浸，
不死也不免瓣尖儿焦萎，多可怜！
你不能忘我，爱，除了在你的心里，
我再没有命；是，我听你的话，我等，
等铁树儿开花我也得耐心等；
爱，你永远是我头顶的一颗明星：
要是不幸死了，我就变一个萤火，
在这园里，挨着草根，暗沉沉的飞，
黄昏飞到半夜，半夜飞到天明，
只愿天空不生云，我望得见天

天上那颗不变的大星，那是你，
但愿你为我多放光明，隔着夜，
隔着天，通着恋爱的灵犀一点……

六月十一日，一九二五年翡冷翠山中

（大家诗歌典藏馆 提供）

徐志摩《志摩的诗》，新月书店 1928 年 8 月重印本。

她是睡着了

　　她是睡着了——
星光下一朵斜欹的白莲；
她入梦境了——
　　香炉里袅起一缕碧螺烟。

　　她是眠熟了——
涧泉幽抑了喧响的琴弦；
　　她在梦乡了——
粉蝶儿，翠蝶儿，翻飞的欢恋。

　　停匀的呼吸：
清芬，渗透了她的周遭的清氛；
　　有福的清氛，
怀抱着，抚摩着，她纤纤的身形！

奢侈的光阴！
静，沙沙的尽是闪亮的黄金，
平铺着无垠，
波鳞间轻漾着光艳的小艇。

醉心的光景：
给我披一件彩衣，啜一坛芳醴，
折一枝藤花，
舞，在葡萄丛中颠倒，昏迷。

看呀，美丽！
三春的颜色移上了她的香肌，
是玫瑰，是月季，
是朝阳里的水仙，鲜妍，芳菲！

梦底的幽秘，
挑逗着她的心——纯洁的灵魂，
像一只蜂儿，
在花心，恣意的唐突——温存。

童真的梦境!
静默，休教惊断了梦神的殷勤;
抽一丝金络，
抽一丝银络，抽一丝晚霞的紫曛;

玉腕与金梭，
织缣似的精审，更番的穿度——
化生了彩霞，
神阙，安琪儿的歌，安琪儿的舞。

可爱的梨涡，
解释了处女的梦境的欢喜，
像一颗露珠，
颤动的，在荷盘中闪耀着晨曦。

十九日夜二时半[①]

①此诗手稿篇末注明“十九日夜二时半”作，写作年月和发表刊物不详。估计写于1925年初夏。

哀克刹脱大教堂，今译埃克塞特大教堂，位于英国。

这是徐志摩诗歌中很难得的直接以“提问”方式表达其形而上困惑与思考的诗篇。正是在这种意义上，这首并不有名的诗歌无论是在徐志摩的所有诗歌中，还是对徐志摩本人思想经历或生存状况而言，都是独特的。此篇集中体现了徐志摩作为一个浪漫主义诗人对生、死等形而上问题的倾心关注与执着探寻。

在哀克刹脱教堂前[1]

这是我自己的身影，今晚间
　倒映在异乡教宇的前庭，
　　一座冷峭峭森严的大殿，
　　　一个峭阴阴孤耸的身影。

我对着寺前的雕像问：
　“是谁负责这离奇的人生？”
老朽的雕像瞅着我愣，
　仿佛怪嫌这离奇的疑问。

我又转问那冷郁郁的大星，
　它正升起在这教堂的后背，
但它答我以嘲讽似的迷瞬，
　在星光下相对，我与我的迷谜！

这时间我身旁的那棵老树，

①哀克刹脱，Excter，今译埃克塞特，英国城市。此诗原载1926年5月27日《晨报副刊·诗镌》第9号。

他荫蔽着战迹碑下的无辜，
幽幽的叹一声长气，像是
凄凉的空院里凄凉的秋雨。

他至少有百余年的经验，
人间的变幻他什么都见过；
生命的顽皮他也曾计数：
春夏间汹汹，冬季里婆婆。

他认识这镇上最老的前辈，
看他们受洗，长黄毛的婴孩；
看他们配偶，也在这教门内，——
最后看他们的名字上墓碑！

这半悲惨的趣剧他早经看厌，
他自身臃肿的残余更不沾恋；
因此他与我同心，发一阵叹息——
啊！我身影边平添了斑斑的落叶！

一九二五年七月在美国埃克塞特作

起造一座墙[①]

你我千万不可亵渎那一个字，
别忘了在上帝跟前起的誓。
我不仅要你最柔软的柔情，
蕉衣似的永远裹着我的心；
我要你的爱有纯钢似的强，
在这流动的生里起造一座墙；
任凭秋风吹尽满园的黄叶，
任凭白蚁蛀烂千年的画壁；
就使有一天霹雳震翻了宇宙，——
也震不翻你我“爱墙”内的自由！

一九二五年八月

①此诗原载1925年9月5日《现代评论》第2卷第39期。

海　韵[1]

一

“女郎，单身的女郎，
你为什么留恋
这黄昏的海边？——
女郎，回家吧，女郎！”
“啊不；回家我不回，
我爱这晚风吹。”——
　　在沙滩上，在暮霭里，
有一个散发的女郎——
徘徊，徘徊。

二

“女郎，散发的女郎，
你为什么彷徨

①此诗原载1925年8月17日《晨报·文学旬刊》。

在这冷清的海上?
女郎，回家吧，女郎！”
“啊不；你听我唱歌，
大海，我唱，你来和。”——
　　在星光下，在凉风里，
轻荡着少女的清音——
高吟，低哦。

三

“女郎，胆大的女郎！
那天边扯起了黑幕，
这顷刻间有恶风波，——
女郎，回家吧，女郎！”
“啊不；你看我凌空舞，
学一个海鸥没海波。”——
　　在夜色里，在沙滩上，
急旋着一个苗条的身影——
婆娑，婆娑。

四

“听呀，那大海的震怒，
女郎回家吧，女郎！
看呀，那猛兽似的海波，
女郎，回家吧，女郎！”
“啊不；海波他不来吞我，
我爱这大海的颠簸！”——
　　在潮声里，在波光里，
啊，一个慌张的少女在海沫里，
蹉跎，蹉跎。

五

“女郎，在哪里，女郎？
在哪里，你嘹亮的歌声？
在哪里，你窈窕的身影？
在哪里，啊，勇敢的女郎？”
黑夜吞没了星辉，
　　这海边再没有光芒；
海潮吞没了沙滩，

沙滩上再不见女郎，——

再不见女郎！

徐志摩与陆小曼在云裳公司开业典礼上。

对于爱情，徐志摩说过：“我将于茫茫人海中访我唯一灵魂之伴侣；得之，我幸；不得，我命，如此而已。”足见其态度是坚决的。

对徐志摩影响甚大的是陆小曼。小曼聪慧活泼，通音乐、绘画，且有小说、剧本行世。其父曾是日本名相伊藤博文的得意门生，回国后任赋税司长达20余年。1920年小曼父母选中曾留学美国西点军校、时就职于北平警察局的王赓为婿。小曼生性活泼，其夫则严谨有度，不苟言笑。王赓平时公务繁忙没有时间陪伴陆小曼，于是叫好友志摩来陪陆小曼散心聊天，久而久之，暗生情愫。后几经波折，有情人终成眷属。徐志摩与陆小曼南下定居上海。

呻吟语[①]

我亦愿意赞美这神奇的宇宙，
我亦愿意忘却了人间有忧愁，
　　像一只没挂累的梅花雀，
　　清朝上歌唱，黄昏时跳跃；——
假如她清风似的常在我的左右！

我亦想望我的诗句清水似的流，
我亦想望我的心池鱼似的悠悠；
　　但如今膏火是我的心，
　　再休问我闲暇的诗情？——
上帝！你一天不还她生命与自由！

---

①此诗原载1925年9月3日《晨报副刊》。

丁当——清新①

檐前的秋雨在说什么?

　　它说摔了她，忧郁什么?

我手拿起案上的镜框,

　　在地平上摔一个丁当。

檐前的秋雨又在说什么?

　　“还有你心里那个留着做什么?”

蓦地里又听见一声清新——

　　这回摔破的是我自己的心!

一九二五年秋

①此诗原载1925年12月1日《晨报七周年纪念增刊》。

我来扬子江边买一把莲蓬[1]

我来扬子江边买一把莲蓬；
　　手剥一层层莲衣，
　　看江鸥在眼前飞，
　　忍含着一眼悲泪——
我想着你，我想着你，啊小龙！

我尝一尝莲瓤，回味曾经的温存：——
　　那阶前不卷的重帘，
　　掩护着同心的欢恋：
　　我又听着你的盟言，
“永远是你的，我的身体，我的灵魂。”

我尝一尝莲心，我的心比莲心苦；
　　我长夜里怔忡，

①此诗最初见于1925年9月9日《志摩日记·爱眉小札》内。

　　挣不开的恶梦，
　　谁知我的苦痛？
你害了我，爱，这日子叫我如何过？

但我不能责你负，我不忍猜你变，
　　我心肠只是一片柔：
　　你是我的！我依旧将你紧紧的抱搂——
除非是天翻——但谁能想象那一天？

客　中

今晚天上有半轮的下弦月；
　　我想携着她的手，
　　往明月多处走——
一样是清光，我说，圆满或残缺。

园里有一树开剩的玉兰花；
　　她有的是爱花癖，
　　我爱看她的怜惜——
一样是芬芳，她说，满花与残花。

浓荫里有一只过时的夜莺；
　　她受了秋凉，
　　不如从前浏亮——
快死了，她说，但我不悔我的痴情！

但这莺，这一树花，这半轮月——

　　我独自沉吟，

　　对着我的身影——

她在那里，啊，为什么伤悲，凋谢，残缺？

一九二五年九月

再不见雷峰[1]

再不见雷峰，雷峰坍成了一座大荒冢，
　　顶上有不少交抱的青葱；
　　顶上有不少交抱的青葱，
再不见雷峰，雷峰坍成了一座大荒冢。

为什么感慨，对着这光阴应分的摧残？
　　世上多的是不应分的变态；
　　世上多的是不应分的变态，
为什么感慨，对着这光阴应分的摧残？

为什么感慨：这塔是镇压，这坟是掩埋——
　　镇压还不如掩埋来得痛快！
　　镇压还不如掩埋来得痛快，
为什么感慨：这塔是镇压，这坟是掩埋。

---

①此诗写于1925年9月17日，初载同年10月5日《晨报副刊》，署名志摩。

1924年9月25日，西湖边上，一座历史悠久、贮满神异传说的雷峰塔的倒掉，牵动引发了许多文人的诗心和感慨。对于徐志摩来说，雷峰塔的轰然倒塌震醒了他的“完全的梦境”。这个极其偶然的事件，是徐志摩个人理想和精神追求遭受现实的摧残而幻灭的一个预言或象征。徐志摩不得不面对坍成一座大荒冢的雷峰塔而感叹唏嘘不已。

再没有雷峰，雷峰从此掩埋在人的记忆中，
　　像曾经的幻梦，曾经的爱宠；
　　像曾经的幻梦，曾经的爱宠，
再没有雷峰，雷峰从此掩埋在人的记忆中。

九月，西湖。

这年头活着不易[①]

昨天我冒着大雨到烟霞岭下访桂；
　　南高峰在烟霞中不见，
　　在一家松茅铺的屋檐前
　　我停步，问一个村姑今年
翁家山的桂花有没有去年开的媚。

那村姑先对着我身上细细的端详：
　　活像只羽毛浸瘪了的鸟，
　　我心想，她定觉得蹊跷，
　　在这大雨天单身走远道，
倒来没来头的问桂花今年香不香。

“客人，你运气不好，来得太迟又太早：
　　这里就是有名的满家弄，

①此诗原载1925年10月21日《晨报副刊》。

往年这时候到处香得凶，

这几天连绵的雨，外加风，

弄得这稀糟，今年的早桂就算完了。”

果然这桂子林也不能给我点子欢喜：

枝上只见焦萎的细蕊，

看着凄凄，唉，无妄的灾！

为什么这到处是憔悴？

这年头活着不易！这年头活着不易！

一九二五年九月，西湖。

徐志摩与陆小曼的生活照。

1926年，徐志摩与陆小曼“自由恋爱”并结婚，新婚后，两人曾有过一段神仙般的日子，但他们的合欢未能长久。徐志摩离婚再娶，触怒父亲，断了经济后援，而陆小曼生活挥霍无度，使志摩入不敷出，狼狈不堪。徐志摩不得已出任光华大学、东吴大学、大夏大学三所学校的教授。

偶　然[1]

我是天空里的一片云，
偶尔投影在你的波心——
　　你不必讶异，
　　更无须欢喜——
在转瞬间消灭了踪影。

你我相逢在黑夜的海上，
你有你的，我有我的，方向；
　　你记得也好，
　　最好你忘掉，
在这交会时互放的光亮！

一九二六年五月

①此诗原载 1926 年 5 月 27 日《晨报副刊 · 诗镌》第 9 期，署名志摩。这是徐志摩和陆小曼合写剧本《卞昆冈》第五幕里老瞎子的唱词。

半夜深巷琵琶

又被它从睡梦中惊醒，深夜里的琵琶！
　　是谁的悲思，
　　是谁的手指，
像一阵凄风，像一阵惨雨，像一阵落花，
　　在这夜深深时，
　　在这睡昏昏时，
挑动着紧促的弦索，乱弹着宫商角徵，
　　和着这深夜，荒街，
　　柳梢头有残月挂，
啊，半轮的残月，像是破碎的希望，他
　　头戴一顶开花帽，
　　身上带着铁链条，
在光阴的道上疯了似的跳，疯了似的笑，
　　完了，他说，吹糊你的灯，
　　她在坟墓的那一边等，

等你去亲吻，等你去亲吻，等你去亲吻！

一九二六年五月

珊　瑚[1]

你再不用想我说话，
　　我的心早沉在海水底下；
你再不用向我叫唤，
　　因为我——我再不能回答！

除非你——除非你也来在
　　这珊瑚骨环绕的又一世界；
等海风定时的一刻清静，
　　你我来交互你我的幽叹。

①此诗原载1926年9月29日《晨报副刊》。

最后的那一天

在春风不再回来的那一年，
在枯枝不再青条的那一天，
　　那时间天空再没有光照，
　　只黑蒙蒙的妖氛弥漫着：
太阳，月亮，星光死去了的空间；

在一切标准推翻的那一天，
在一切价值重估的那时间，
　　暴露在最后审判的威灵中。
　　一切的虚伪与虚荣与虚空：
赤裸裸的灵魂们匍匐在主的跟前；——

我爱，那时间你我再不必张皇，
更不须声诉，辨冤，再不必隐藏，——
　　你我的心，像一朵雪白的并蒂莲，

光华大学由圣约翰大学的师生联合创办，学校还设有光华大学附中，附中是当时上海三大知名中学之一。

胡适、徐志摩、江问渔、王造时、周有光、钱锺书、杨宽、张歆海、童伯章、萧公权等知识分子都曾在光华大学任教，可谓是知识分子聚集地。

在爱的青梗上秀挺，欢欣，鲜妍，——
在主的跟前，爱是唯一的荣光。

变与不变

树上的叶子说：
“这来又变样儿了，
你看，
有的是抽心烂，有的是卷边焦！”
“可不是。”
答话的是我自己的心：
它也在冷酷的西风里褪色，凋零。
这时候连翩的明星爬上了树尖；
“看这儿，”
它们仿佛说，
“有没有改变？”
“看这儿，”
无形中又发动了一个声音，
“还不是一样鲜明？”
——插话的是我的魂灵。

一九二七年春

天神似的英雄①

这石是一堆粗丑的顽石，
这百合是一从明媚的秀色；
但当月光将花影描上了石隙，
这粗丑的顽石也化生了媚迹。

我是一团臃肿的凡庸，
她的是人间无比的仙容；
但当恋爱将她偎入我的怀中，
就我也变成了天神似的英雄！

①此诗估计写于1927年左右，收入诗集《翡冷翠的一夜》。据说该诗是写给林徽因的。

残 春[①]

昨天我瓶子里斜插着的桃花，
是朵朵媚笑在美人的腮边挂；
今儿它们全低了头，全变了相：——
红的白的尸体倒悬在青条上。

窗外的风雨报告残春的运命，
丧钟似的音响在黑夜里叮咛：
“你那生命的瓶子里的鲜花也
变了样：艳丽的尸体，谁给收殓？”

一九二七年四月二十日

①此诗原载1928年5月10日《新月》第1卷第3号。

我不知道风是在哪一个方向吹[1]

我不知道风
是在哪一个方向吹——
我是在梦中，
在梦的轻波里依洄。

我不知道风
是在哪一个方向吹——
我是在梦中，
她的温存，我的迷醉。

我不知道风
是在哪一个方向吹——
我是在梦中，
甜美是梦里的光辉。

①此诗原载1928年3月10日《新月》第1卷第1号。

《猛虎集》是诗人徐志摩生前的最后一部诗集。

封面设计：闻一多

上海新月书店1931年8月初版。

本诗集收录诗歌34首，另有译诗7首。其中《我等候你》《再别康桥》《我不知道风是在哪一个方向吹》等作品，都是脍炙人口的名篇，有着相当高的艺术成就。

我不知道风
是在哪一个方向吹——
我是在梦中，
她的负心，我的伤悲。

我不知道风
是在哪一个方向吹——
我是在梦中，
在梦的悲哀里心碎！

我不知道风
是在哪一个方向吹——
我是在梦中，
黯淡是梦里的光辉。

一九二八年

生　活[①]

阴沉，黑暗，毒蛇似的蜿蜒，
生活逼成了一条甬道：
一度陷入，你只可向前，
手扪索着冷壁的粘潮，

在妖魔的脏腑内挣扎，
头顶不见一线的天光，
这魂魄，在恐怖的压迫下，
除了消灭更有什么愿望？

五月二十九日

①此诗写于1928年5月29日，原载1929年5月10日《新月》月刊第2卷第3号。

在不知名的道旁（印度）①

什么无名的苦痛，悲悼的新鲜，
什么压迫，什么冤屈，什么烧烫
你体肤的伤，妇人，使你蒙着脸
在这昏夜，在这不知名的道旁，
任凭过往人停步，讶异的看你，
你只是不作声，黑绵绵的坐地？

还有蹲在你身旁悚动的一堆，
一双小黑眼闪荡着异样的光，
像暗云天偶露的星晞，她是谁？
疑惧在她脸上，可怜的小羔羊，
她怎知道人生的严重，夜的黑，
她怎能明白运命的无情，惨刻？

①此诗原载1929年2月1日《金屋月刊》第1卷第2期，收入1931年8月上海新月书店版《猛虎集》。

聚了，又散了，过往人们的讶异。

刹那的同情也许；但他们不能

为你停留，妇人，你与你的儿女；

伴着你的孤单，只昏夜的阴沉，

与黑暗里的萤光，飞来你身旁，

来照亮那小黑眼闪荡的星芒！

一九二八年十月三十一日在印度作

他眼里有你[1]

我攀登了万仞的高冈，
荆棘扎烂了我的衣裳，
我向飘渺的云天外望——
　　上帝，我望不见你！

我向坚厚的地壳里掏，
捣毁了蛇龙们的老巢，
在无底的深潭里我叫——
　　上帝，我听不到你！

我在道旁见一个小孩：
活泼，秀丽，褴褛的衣衫；
他叫声妈，眼里亮着爱——
　　上帝，他眼里有你！

---

①此诗写于1928年11月2日，原载1928年12月10日《新月》第1卷第10号。

“

我的眼是康桥教我睁的，我的求知欲是康桥给我拨动的，我的自我的意识是康桥给我胚胎的。我在美国有整两年，在英国也算是整两年。在美国我忙的是上课，听讲，写考卷，啃橡皮糖，看电影，赌咒。在康桥我忙的是散步，划船，骑自转车，抽烟，闲谈，吃五点钟茶牛油烤饼，看闲书……

—— 徐志摩《吸烟与文化》

”

再别康桥[①]

轻轻的我走了，
　　正如我轻轻的来；
我轻轻的招手，
　　作别西天的云彩。

那河畔的金柳，
　　是夕阳中的新娘；
波光里的艳影，
　　在我的心头荡漾。

软泥上的青荇，
　　油油的在水底招摇；
在康河的柔波里，
　　我甘心做一条水草！

---

①此诗写于1928年11月6日，初载1928年12月10日《新月》月刊第1卷第10号，署名徐志摩。

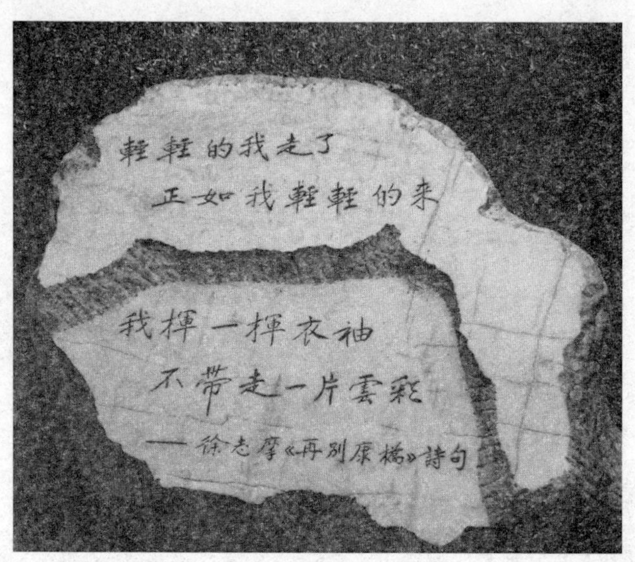

康桥，即英国著名的剑桥大学所在地。1920 年 10 月—1922 年 8 月，诗人曾游学于此。康桥时期是徐志摩一生的转折点。1928 年诗人故地重游。11 月 6 日在归途的中国南海上，他吟成了这首传世之作。可以说“康桥情节”贯穿在徐志摩一生的诗文中，而《再别康桥》无疑是其中最有名的一篇。

2008 年，英国剑桥大学著名的国王学院，在剑河之滨的一块草地上，为中国诗人徐志摩立了一块白色大理石的诗碑。这块诗碑，如今已成剑桥一景。

那榆荫下的一潭，
　　不是清泉，是天上虹，
揉碎在浮藻间，
　　沉淀着彩虹似的梦。

寻梦？撑一支长篙，
　　向青草更青处漫溯，
满载一船星辉，
　　在星辉斑斓里放歌。

但我不能放歌，
　　悄悄是别离的笙箫；
夏虫也为我沉默，
　　沉默是今晚的康桥！

悄悄的我走了，
　　正如我悄悄的来；
我挥一挥衣袖，
　　不带走一片云彩。

十一月六日中国海上

《我等候你》是徐志摩与陆小曼热恋中所作，诗中不仅体现了徐志摩的世界观与爱情观，也体现了徐志摩的艺术观，更是他对陆小曼痴情的见证。

陆小曼（1903 年— 1965 年），江苏常州人，近代女画家，晚年被吸收为上海中国画院专业画师。陆小曼擅长戏剧，曾与徐志摩合作创作五幕话剧《卞昆冈》。她写得一手好文章，有深厚的古文功底和扎实的文字修饰能力。因与徐志摩的婚恋而成为著名近代人物。1965 年 4 月 3 日于上海华东医院逝世，享年 62 岁。

我等候你[①]

我等候你。
我望着户外的昏黄
如同望着将来，
我的心震盲了我的听。
你怎还不来？希望
在每一秒钟上允许开花。
我守候着你的步履，
你的笑语，你的脸，
你的柔软的发丝，
守候着你的一切；
希望在每一秒钟上
枯死——你在哪里？
我要你，要得我心里生痛，
我要你的火焰似的笑，

①此诗原载1929年10月10日《新月》第2卷第8号。

要你灵活的腰身，

你的发上眼角的飞星；

我陷落在迷醉的氛围中，

像一座岛，

在蟒绿的海涛间，不自主的在浮沉……

喔，我迫切的想望

你的来临，想望

那一朵神奇的优昙

开上时间的顶尖！

你为什么不来，忍心的？

你明知道，我知道你知道

你这不来于我是致命的一击，

打死我生命中乍放的阳春，

教坚实如矿里的铁的黑暗，

压迫我的思想与呼吸；

把我，囚犯似的，交付给

妒与愁苦，生的羞惭

与绝望的惨酷。

这也许是痴。竟许是痴。

我信我确然是痴；
但我不能转拨一支已然定向的舵，
万方的风息都不容许我犹豫——
我不能回头，命运驱策着我！
我也知道这多半是走向
毁灭的路；但
为了你，为了你
我什么也都甘愿；
这不仅我的热情，
我的仅有的理性亦如此说。
痴！想磔碎一个生命的纤微
为了感动一个女人的心！
想博得的，能博得的，至多是
她的一滴泪，
她的一阵心酸，
竟许一半声漠然的冷笑；
但我也甘愿，即使
我粉身的消息传到
她的心里如同传给

一块顽石，她把我看作
一只地穴里的鼠，一条虫，
我还是甘愿！
痴到了真，是无条件的，
上帝他也无法调回一个
痴定了的心，如同一个将军
有时调回已上死线的士兵。
枉然，一切都是枉然，
你的不来是不容否认的实在，
虽则我心中烧着泼旺的火，
饥渴着你的一切，
你的发，你的笑，你的手脚；
任何的痴想与祈祷
不能缩短一小寸
你我间的距离！
户外的黄昏已然
凝聚成夜的乌黑，
树枝上挂着冰雪，
鸟雀们典去了它们的啁啾，

沉默是这一致穿孝的宇宙。
钟上的针不断的比着
玄妙的手势，像是指点，
像是同情，像是嘲讽，
每一次到点的打动，我听来是
我自己的心的
活埋的丧钟。

拜 献[1]

山，我不赞美你的壮健，
海，我不歌咏你的阔大，
风波，我不颂扬你威力的无边；
但那在雪地里挣扎的小草花，
路旁冥盲中无告的孤寡，
烧死在沙漠里想归去的雏燕，——
给他们，给宇宙间一切无名的不幸，
我拜献，拜献我胸胁间的热，
管里的血，灵性里的光明；
我的诗歌——在歌声嘹亮的一俄顷，
天外的云彩为你们织造快乐，
　　起一座虹桥，
　　指点着永恒的逍遥，
在嘹亮的歌声里消纳了无穷的苦厄！

一九二八年十一月六日中国上海

①此诗原载1929年3月10日《新月》月刊第2卷第1期。

黄　鹂[1]

一掠颜色飞上了树。
“看，一只黄鹂！”有人说。
翘着尾尖，它不作声，
艳异照亮了浓密——
像是春光，火焰，像是热情。

等候它唱，我们静着望，
怕惊了它。但它一展翅，
冲破浓密，化一朵彩云；
它飞了，不见了，没了——
像是春光，火焰，像是热情。

①此诗原载1930年2月10日《新月》月刊第2卷第12号。

车　眺[1]

一

我不能不赞美
这向晚的五月天；
怀抱着云和树
那些玲珑的水田。

二

白云穿掠着晴空，
像仙岛上的白燕！
晚霞正照着它们，
白羽镶上了金边。

三

背着轻快的晚凉，

①此诗发表于1930年3月10日《新月》第3卷第1号。

牛，放了工，呆着做梦；
孩童们在一边蹲，
想上牛背，美，逞英雄！

四

在绵密的树荫下，
有流水，有白石的桥，
桥洞下早来了黑夜，
流水里有星在闪耀。

五

绿是豆畦，阴是桑树林，
幽郁是溪水傍的草丛，
静是这黄昏时的田景，
但你听，草虫们的飞动！

六

月亮在昏黄里上妆，
太阳心慌的向天边跑；

他怕见她，他怕她见，——

怕她见笑一脸的红糟！

秋　月

一样是月色，
今晚上的，因为我们都在抬头看——
看它，一轮腴满的妩媚，
从乌黑得如同暴徒一般的
云堆里升起——
看得格外的亮，分外的圆。
它展开在道路上，
它飘闪在水面上，
它沉浸在
水草盘结得如同忧愁般的水底；
它睥睨在古城的雉堞上，
万千的城砖在它的清亮中呼吸，
它抚摸着
错落在城厢外内的墓墟，
在宿鸟的断续的呼声里，

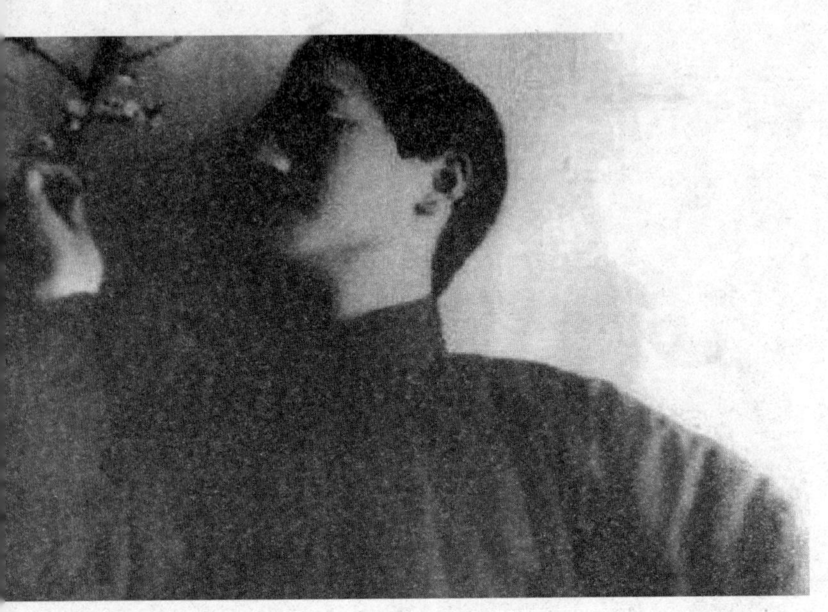

新月时期的徐志摩。

在《翡冷翠的一夜》之后，徐志摩还出过两本诗集，一是由他自己编选，1931年出版的《猛虎集》，一是由他人编选，1932年出版的《云游》。这两个诗集中收录的诗歌，多数是徐志摩后期的作品。1927年后，徐志摩的思想经过“波折”，他那资产阶级民主共和国的政治理想完全破灭，另一方面，他对工农革命又感到恐惧和抵触，他的思想陷入深深的矛盾和绝望。他这一时期创作的诗歌，大部分与现实生活脱离，抒写他自己“微妙的灵魂的秘密”。

想见新旧的鬼，
也和我们似的相依偎的站着，
眼珠放着光，
咀嚼着彻骨的阴凉：
银色的缠绵的诗情
如同水面的星磷，
在露盈盈的空中飞舞。
听那四野的吟声——
永恒的卑微的谐和，
悲哀揉和着欢畅，
怨仇与恩爱，
晦冥交抱着火电，
在这夐绝的秋夜与秋野的
苍茫中，
“解化”的伟大
在一切纤微的深处
展开了
婴儿的微笑！

一九三〇年十月

爱的灵感——奉适之①

下面这些诗行好歹是他撩拔出来的，
正如这十年来大多数的诗行好歹是他撩拔出来的！

不妨事了，你先坐着罢，
这阵子可不轻，我当是
已经完了，已经整个的
脱离了这世界，飘渺的，
不知到了哪儿。仿佛有
一朵莲花似的云拥着我，
（她脸上浮着莲花似的笑）
拥着到远极了的地方去……
唉，我真不希罕再回来，
人说解脱，那许就是罢！
我就像是一朵云，一朵

①此诗初载1931年1月20日《诗刊》第1期。

纯白的，纯白的云，一点
不见分量，阳光抱着我，
我就是光，轻灵的一球，
往远处飞，往更远处飞；
什么累赘，一切的烦愁，
恩情，痛苦，怨，全都远了；
就是你——请你给我口水，
是橙子吧，上口甜着哪——
就是你，你是我的谁呀！
就你也不知哪里去了：
就有也不过是晓光里
一发的青山，一缕游丝，
一翳微妙的晕；说至多
也不过如此，你再要多
我那朵云也不能承载，
你，你得原谅，我的冤家！……
不碍，我不累，你让我说，
我只要你睁着眼，就这样，
叫哀怜与同情，不说爱，

在你的泪水里开着花，
我陶醉着它们的幽香；
在你我这最后，怕是吧，
一次的会面，许我放娇，
容许我完全占定了你，
就这一晌，让你的热情，
像阳光照着一流幽涧，
透澈我的凄冷的意识；
你手把住我的，正这样，
你看你的壮健，我的衰，
容许我感受你的温暖，
感受你在我血液里流，
鼓动我将次停歇的心，
留下一个不死的印痕：
这是我唯一，唯一的祈求……
好，我再喝一口，美极了，
多谢你。现在你听我说。
但我说什么呢，到今天，
一切事都已到了尽头，

我只等待死，等待黑暗，
我还能见到你，偎着你，
真像情人似的说着话，
因为我够不上说那个，
你的温柔春风似的围绕，
这于我是意外的幸福，
我只有感谢，（她合上眼。）
什么话都是多余，因为
话只能说明能说明的，
更深的意义，更大的真，
朋友，你只能在我的眼里，
在枯干的泪伤的眼里认取。
　　我是个平常的人，
我不能盼望在人海里
值得你一转眼的注意。
你是天风：每一个浪花
一定得感到你的力量，
从它的心里激出变化，
每一根小草也一定得

在你的踪迹下低头，在
缘的颤动中表示惊异；
但谁能止限风的前程，
他横掠过海，作一声吼，
狮虎似的扫荡着田野，
当前是冥茫的无穷，他
如何能想起曾经呼吸
到浪的一花，草的一瓣?
遥远是你我间的距离；
远，太远！假如一支夜蝶
有一天得能飞出天外，
在星的烈焰里去变灰
（我常自己想）那我也许
有希望接近你的时间。
唉，痴心，女子是有痴心的，
你不能不信罢？有时候
我自己也觉得真奇怪，
心窝里的牢结是谁给
打上的？为什么打不开?

那一天我初次望到你，
你闪亮得如同一颗星，
我只是人丛中的一点，
一撮沙土，但一望到你，
我就感到异样的震动，
猛袭到我生命的全部，
真像是风中的一朵花，
我内心摇晃得像昏晕，
脸上感到一阵的火烧，
我觉得幸福，一道神异的
光亮在我的眼前扫过，
我又觉得悲哀，我想哭，
纷乱占据了我的灵府。
但我当时一点不明白，
不知这就是陷入了爱！
“陷入了爱，”真是的！前缘，
孽债，不知到底是什么？
但从此我再没有平安，
是中了毒，是受了催眠，

教运命的铁链给锁住，
我再不能踌躇：我爱你！
从此起，我的一瓣瓣的
思想都染着你，在醒时，
在梦里，想躲也躲不去，
我抬头望，蓝天里有你，
我开口唱，悠扬里有你，
我要遗忘，我向远处跑，
另走一道，又碰到了你！
枉然是理智的殷勤，因为
我不是盲目，我只是痴！
但我爱你，我不是自私。
爱你，但永不能接近你。
爱你，但从不要享受你。
即使你来到我的身边，
我许向你望，但你不能
丝毫觉察到我的秘密。
我不妒忌，不艳羡，因为
我知道你永远是我的，

它不能脱离我正如我
不能躲避你，别人的爱
我不知道，也无须知晓，
我的是我自己的造作，
正如那林叶在无形中
收取早晚的霞光，我也
在无形中收取了你的。
我可以，我是准备，到死
不露一句，因为我不必。
死，我是早已望见了的。
那天爱的结打上我的
心头，我就望见死，那个
美丽的永恒的世界；死，
我甘愿的投向，因为它
是光明与自由的诞生。
从此我轻视我的躯体，
更不计较今世的浮荣，
我只企望着更绵延的
时间来收容我的呼吸，

灿烂的星做我的眼睛，
我的发丝，那般的晶莹，
是纷披在天外的云霞，
博大的风在我的腋下
胸前眉宇间盘旋，波涛
冲洗我的胫踝，每一个
激荡涌出光艳的神明！
再有电火做我的思想
天边掣起蛇龙的交舞，
雷震我的声音，蓦地里
叫醒了春，叫醒了生命。
无可思量，呵，无可比况，
这爱的灵感，爱的力量！
正如旭日的威棱扫荡
田野的迷雾，爱的来临
也不容平凡，卑琐以及
一切的庸俗侵占心灵，
它那原来清爽的平阳。
我不说死吗？更不畏惧，

再没有疑虑，再不吝惜
这躯体如同一个财虏；
我勇猛的用我的时光。
用我的时光，我说？天哪，
这多少年是亏我过的！
没有朋友，离背了家乡，
我投到那寂寞的荒城，
在老农中间学做老农，
穿着大布，脚登着草鞋，
栽青的桑，栽白的木棉，
在天不曾放亮时起身，
手搅着泥，头戴着炎阳，
我做工，满身浸透了汗，
一颗热心抵挡着劳倦；
但渐次的我感到趣味，
收拾一把草如同珍宝，
在泥水里照见我的脸，
涂着泥，在坦白的云影
前不露一些羞愧！自然

是我的享受；我爱秋林，
我爱晚风的吹动，我爱
枯苇在晚凉中的颤动，
半残的红叶飘摇到地，
鸦影侵入斜日的光圈；
更可爱是远寺的钟声
交挽村舍的炊烟共做
静穆的黄昏！我做完工，
我慢步的归去，冥茫中
有飞虫在交哄，在天上
有星，我心中亦有光明！
到晚上我点上一支蜡，
在红焰的摇曳中照出
板壁上唯一的画像，
独立在旷野里的耶稣，
（因为我没有你的除了
悬在我心里的那一幅），
到夜深静定时我下跪，
望着画像做我的祈祷，

有时我也唱，低声的唱，
发放我的热烈的情愫
缕缕青烟似的上通到天。
但有谁听到，有谁哀怜？
你踞坐在荣名的顶巅，
有千万人迎着你鼓掌，
我，陪伴我有冷，有黑夜，
我流着泪，独跪在床前！
一年，又一年，再过一年，
新月望到圆，圆望到残，
寒雁排成了字，又分散，
鲜艳长上我手栽的树，
又叫一阵风给刮做灰。
我认识了季候，星月与
黑夜的神秘，太阳的威，
我认识了地土，它能把
一颗子培成美的神奇，
我也认识一切的生存，
爬虫，飞鸟，河边的小草，

人们看待徐志摩及其创作总是把他与新月派连在一起的，认定他为新月派的代表作家，称他为新月派的“盟主”，这是因为新月派的形成直至消亡，都与他有着密切的关系，他参与了新月派的整个活动，他的创作体现了新月流派鲜明特征。从成立新月社到逐步形成一个文学流派——新月派，历时约十年，徐志摩始终在其中起着重要的作用。他为新诗的发展进行过种种的试验和探索。

再有乡人们的生趣，我
也认识，他们的单纯与
真，我都认识。
跟着认识
是愉快，是爱，再不畏虑
孤寂的侵凌。那三年间
虽则我的肌肤变成粗，
焦黑熏上脸，剥坼刻上
手脚，我心头只有感谢：
因为照亮我的途径有
爱，那盏神灵的灯，再有
穷苦给我精力，推着我
向前，使我怡然的承当
更大的穷苦，更多的险。
你奇怪吧，我有那能耐？
不可思量是爱的灵感！
我听说古时间有一个
孝女，她为救她的父亲
胆敢上犯君王的天威，

那是纯爱的驱使我信。
我又听说法国中古时
有一个乡女子叫贞德，
她有一天忽然脱去了
她的村服，丢了她的羊，
穿上戎装拿着刀，带领
十万兵，高叫一声“杀贼”，
就冲破了敌人的重围，
救全了国，那也一定是
爱！因为只有爱能给人
不可理解的英勇和胆；
只有爱能使人睁开眼，
认识真，认识价值；只有
爱能使人全神的奋发，
向前闯，为了一个目标，
忘了火是能烧，水能淹。
正如没有光热这地上
就没有生命，要不是爱，
那精神的光热的根源，

一切光明的惊人的事
也就不能有。
　　　　啊，我懂得！
我说“我懂得”我不惭愧：
因为天知道我这几年，
独自一个柔弱的女子，
投身到灾荒的地域去，
走千百里巉岈的路程，
自身挨着饿冻的惨酷
以及一切不可名状的
苦处说来够写几部书，
是为了什么？为了什么
我把每一个老年灾民
不问他是老人是老妇，
当作生身父母一样看，
每一个儿女当作自身
骨血，即使不能给他们
救度，至少也要吹几口
同情的热气到他们的

脸上，叫他们从我的手
感到一个完全在爱的
纯净中生活着的同类?
为了什么甘愿哺啜
在平时乞丐都不屑的
饮食，吞咽腐朽与肮脏
如同可口的膏粱；甘愿
在尸体的恶臭能醉倒
人的村落里工作如同
发见了什么珍异？为了
什么？就为“我懂得”，朋友，
你信不？我不说，也不能
说，因为我心里有一个
不可能的爱所以发放
满怀的热到另一方向，
也许我即使不知爱也
能同样做，谁知道，但我
总得感谢你，因为从你
我获得生命的意识和

在我内心光亮的点上，
又从意识的沉潜引渡
到一种灵界的莹澈，又
从此产生智慧的微芒
与无穷尽的精神的勇。
啊，假如你能想象我在
灾地时一个夜的看守！
一样的天，一样的星空，
我独自有旷野里或在
桥梁边或在剩有几簇
残花的藤蔓的村篱边
仰望，那时天际每一个
光亮都为我生着意义，
我饮咽它们的美如同
音乐，奇妙的韵味通流
到内脏与百骸，坦然的
我承受这天赐不觉得
虚怯与羞惭，因我知道
不为己的劳作虽不免

疲乏体肤，但它能拂拭
我们的灵窍如同琉璃，
利便天光无碍的通行。

我话说远了不是？但我
已然诉说到我最后的
回目，你纵使疲倦也得
听到底，因为别的机会
再不会来，你看我的脸
烧红得如同石榴的花；
这是生命最后的光焰，
多谢你不时的把甜水
浸润我的咽喉，要不然
我一定早叫喘息窒死。
你的“懂得”是我的快乐。
我的时刻是可数的了，
我不能不赶快！

　　　　我方才
说过我怎样学农，怎样

到灾荒的魔窟中去伸
一支柔弱的奋斗的手，
我也说过我灵的安乐
对满天星斗不生内疚。
但我终究是人是软弱，
不久我的身体得了病，
风雨的毒浸入了纤微，
酿成了猖狂的热。我哥
将我从昏盲中带回家，
我奇怪那一次还不死，
也许因为还有一种罪
我必得在人间受。他们
叫我嫁人，我不能推托。
我或许要反抗假如我
对你的爱是次一等的，
但因我的既不是时空
所能衡量，我即不计较
分秒间的短长，我做了
新娘，我还做了娘，虽则

天不许我的骨血存留。
这几年来我是个木偶，
一堆任凭摆布的泥土；
虽则有时也想到你，但
这想到是正如我想到
西天的明霞或一朵花，
不更少也不更多。同时
病，一再的回复，销蚀了
我的躯壳，我早准备死，
怀抱一个美丽的秘密，
将永恒的光明交付给
无涯的幽冥。我如果有
一个母亲我也许不忍
不让她知道，但她早已
死去，我更没有沾恋；我
每次想到这一点便忍
不住微笑漾上了口角。
我想我死去再将我的
秘密化成仁慈的风雨，

化成指点希望的长虹，
化成石上的苔藓，葱翠
淹没它们的冥顽；化成
黑暗中翅膀的舞，化成
农时的鸟歌；化成水面
锦绣的文章；化成波涛，
永远宣扬宇宙的灵通；
化成月的惨绿在每个
睡孩的梦上添深颜色；
化成系星间的妙乐……
最后的转变是未料的，
天叫我不遂理想的心愿
又叫在热谵中漏泄了
我的怀内的珠光！但我
再也不梦想你竟能来，
血肉的你与血肉的我
竟能在我临去的俄顷
陶然的相偎倚，我说，你
听，你听，我说。真是奇怪。

这人生的聚散！

　　　现在我

真，真可以死了，我要你

这样抱着我直到我去，

直到我的眼再不睁开，

直到我飞，飞，飞去太空，

散成沙，散成光，散成风，

啊苦痛，但苦痛是短的，

是暂时的；快乐是长的，

爱是不死的：

　　　我，我要睡……

一九三〇年十二月二十五日

阔的海

阔的海空的天我不需要，
我也不想放一只巨大的纸鹞
上天去捉弄四面八方的风；
　　我只要一分钟
　　我只要一点光
　　我只要一条缝，——
　像一个小孩爬伏
　在一间暗屋的窗前
　望着西天边不死的一条
缝，一点
光，一分
钟。

徐志摩中装照。

徐志摩深受欧美浪漫派和唯美派文学的影响。从《沙扬娜拉》《再别康桥》到《云游》，人们很自然地在其中找出徐志摩诗作中基本一致的诗歌形象和抒情风格。这类最能代表徐志摩才情和诗情的诗歌，不仅以其优美的想象以及意境的空灵洒脱打动着读者，而且也因为其中隐约着对人生的理解与生命的把握，时时透出希望与信仰使读者认识到艺术的价值与美的意义。在这些诗中，徐志摩构筑着自己“爱、自由、美”的单纯信仰的世界。

云　游

那天你翩翩的在空际云游，
自在，轻盈，你本不想停留
在天的哪方或地的哪角，
你的愉快是无拦阻的逍遥，

你更不经意在卑微的地面
有一流涧水，虽则你的明艳
在过路时点染了他的空灵，
使他惊醒，将你的倩影抱紧。

他抱紧的是绵密的忧愁，
因为美不能在风光中静止；
他要，你已飞渡万重的山头，
去更阔大的湖海投射影子！

他在为你消瘦，那一流涧水，

在无能的盼望，盼望你飞回！

一九三一年七月

火车擒住轨[1]

火车擒住轨，在黑夜里奔：
过山，过水，过陈死人的坟；
过桥，听钢骨牛喘似的叫，
过荒野，过门户破烂的庙；
过池塘，群蛙在黑水里打鼓，
过噤口的村庄，不见一粒火；
过冰清的小站，上下没有客，
月台袒露着肚子，像是罪恶。

这时车的呻吟惊醒了天上
三两个星，躲在云缝里张望：
那是干什么的，他们在疑问，
大凉夜不歇着，直闹又是哼，
长虫似的一条，呼吸是火焰，

①此诗原载1931年10月5日《诗刊》第3期。

一死儿往暗里闯，不顾危险，
就凭那精窄的两道，算是轨，
驮着这份重，梦一般的累坠。

累坠！那些奇异的善良的人，
放平了心安睡，把他们不论
俊的村的命全盘交给了它，
不论爬的是高山还是低洼，
不问深林里有怪鸟在诅咒，
天象的辉煌全对着毁灭走；
只图眼前过得，裂大嘴打呼，
明儿车一到，抢了皮包走路！

这态度也不错！愁没有个底；
你我在天空，那天也不休息，
睁大了眼，什么事都看分明，
但自己又何尝能支使运命？
说什么光明，智慧永恒的美，
彼此同是在一条线上受罪；

就差你我的寿数比他们强，
这玩艺反正是一片糊涂账。

一九三一年七月十九日

1931年11月19日早八时,徐志摩搭乘中国航空公司“济南号”邮政飞机由南京北上，他要参加当天晚上林徽因在北平举办的中国建筑艺术演讲会。当飞机抵达济南南部党家庄一带时，忽然大雾弥漫，难辨航向。机师为寻觅准确航线,只得降低飞行高度,不料飞机撞上白马山(又称开山),当即坠入山谷，机身起火，机上人员——两位机师与徐志摩全部遇难。

在“济南号”起飞之前，徐志摩曾给梁思成、林徽因发电报，嘱下午三时到北平南苑机场接他。梁思成驱车在南苑机场直等到下午四点半仍无飞机的踪影，只好返回。林徽因预感事情不妙，立即打电话告知胡适，请他设法打听飞机动向。第二天，当胡适看到《晨报》登载了中国航空公司飞机遇难的消息后，断定徐志摩可能已遇难身亡，直到十二点多钟，打电报给山东省教育厅厅长何思源，才得到了确切消息。

徐志摩驾鹤西去消息传来，林徽因当场昏倒在地。后来,她托梁思成在出事的地方捡到一块飞机残骸,挂在墙上,用她的余生来思念徐志摩。后陆小曼撰稿《哭摩》来怀念她的一生挚爱。

残　破

一

深深的在深夜里坐着：
当窗有一团不圆的光亮，
　风挟着灰土，在大街上
　　小巷里奔跑：
我要在枯秃的笔尖上袅出
一种残破的残破的音调，
为要抒写我的残破的思潮。

二

深深的在深夜里坐着：
生尖角的夜凉在窗缝里
　妒忌屋内残余的暖气，
　　也不饶恕我的肢体：
但我要用我半干的墨水描成

一些残破的残破的花样，
因为残破，残破是我的思想。

三
深深的在深夜里坐着，
左右是一些丑怪的鬼影：
　焦枯的落魄的树木
　　在冰沉沉的河沿叫喊，
　　比着绝望的姿势，
正如我要在残破的意识里
重兴起一个残破的天地。

四
深深的在深夜里坐着，
闭上眼回望到过去的云烟；
啊，她还是一枝冷艳的白莲，
　斜靠着晓风，万种的玲珑；
但我不是阳光，也不是露水，
我有的只是些残破的呼吸，

如同封锁在壁椽间的群鼠
追逐着，追求着黑暗与虚无！

一九三一年三月

中国航空公司京平线之“济南号”飞机

徐志摩之墓，位于海宁西山公园内。

墓是八十年代中期重建，墓碑则是旧墓上唯一的遗存，徐志摩墓两侧的以水泥浇制的两块诗碑，都作打开的诗卷状，分别刻着诗人生前所写的名诗短句。左侧诗碑所刻为《偶然》一诗中的名句：“我是天空里的一片云／偶尔投影在你的波心／你不必讶异／更无须欢喜／在转瞬间消灭了踪影”。右侧诗碑刻的是《再别康桥》的首段：“轻轻的我走了／正如我轻轻的来／我轻轻的招手／作别西天的云彩”。

朗读者

扫描

二维码

倾听

王杨为你

读诗

张开口，用方言、普通话，或者其他语言，一起读诗，发出内心最朴素的声音……

选读诗篇：

偶然

我不知道风是在哪一个方向吹

雪花的快乐

再别康桥

诗抄

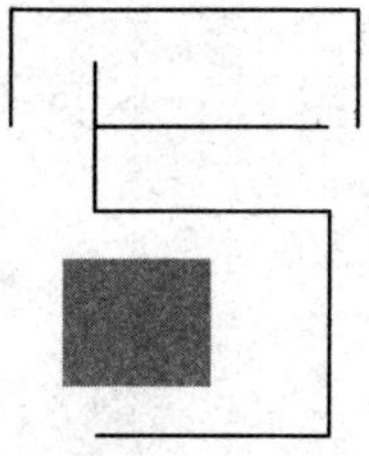

动动手，为自己、为他人、为内心写首诗吧！

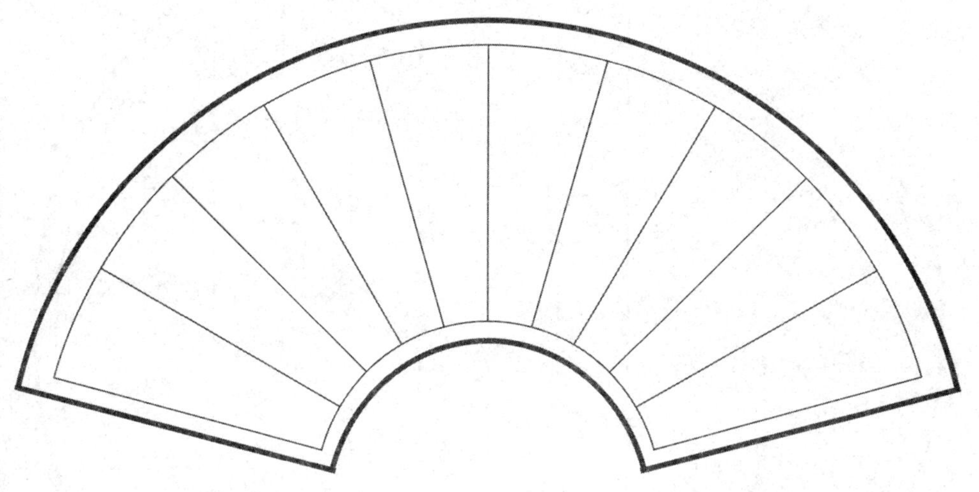

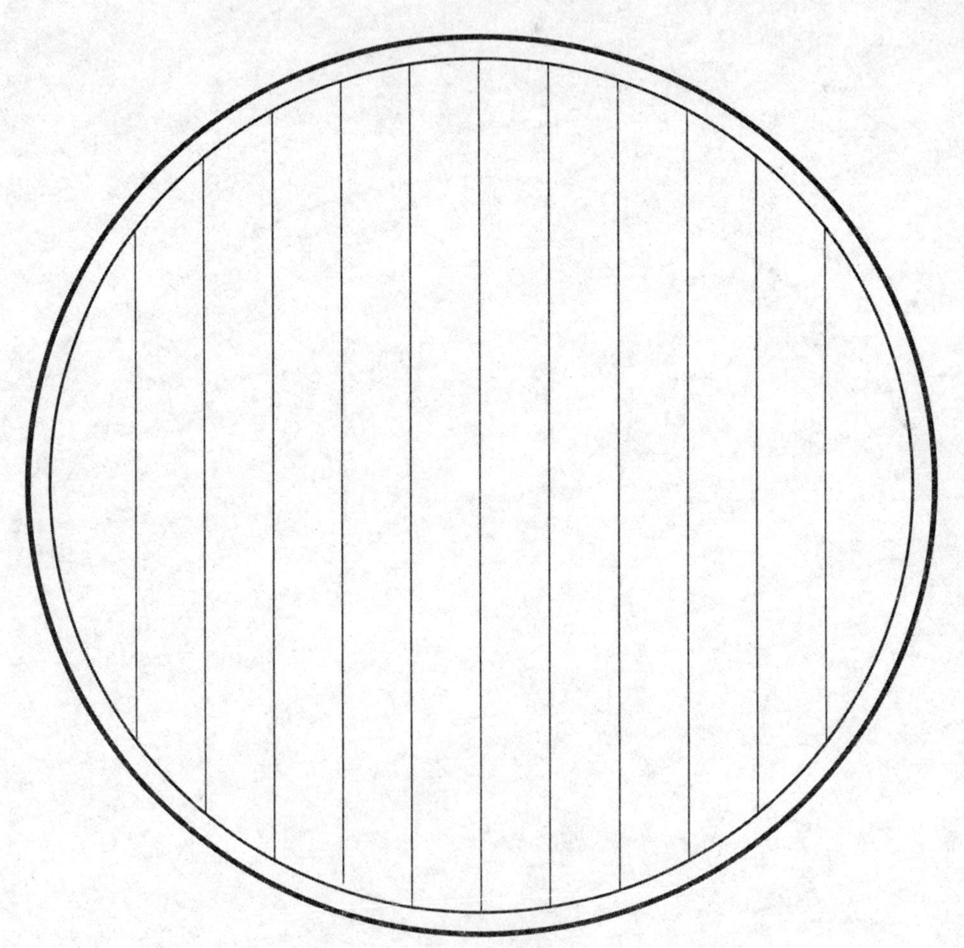

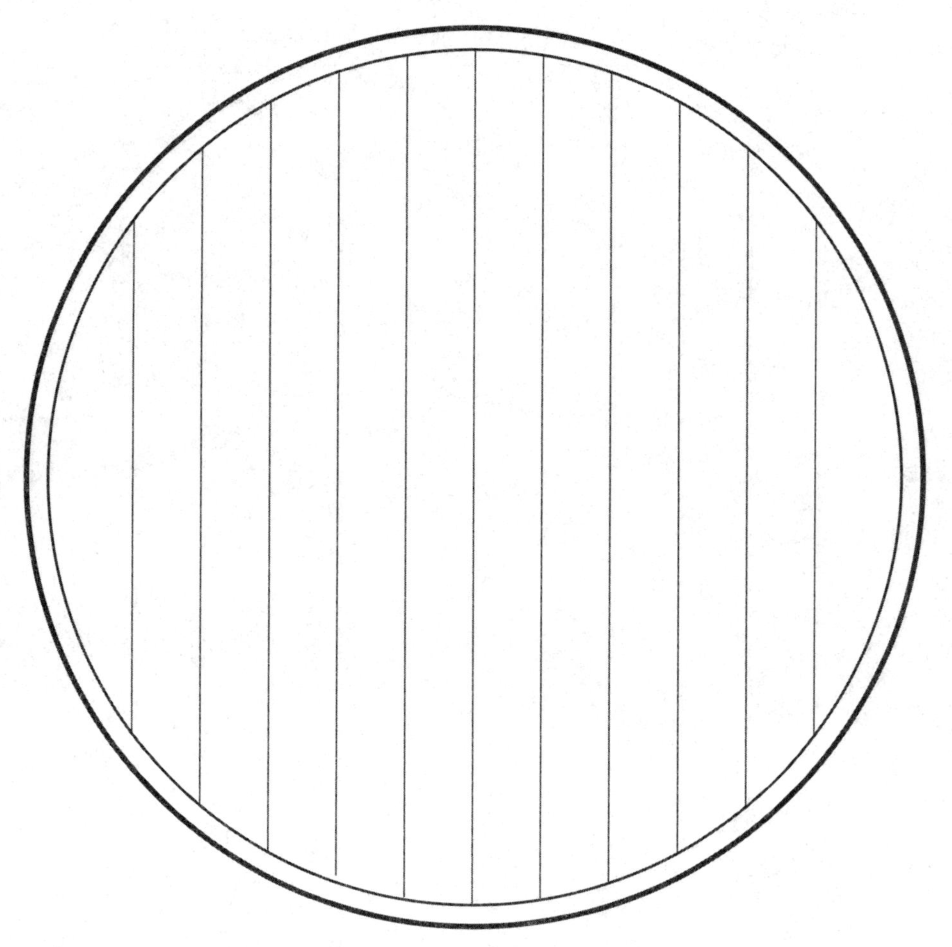

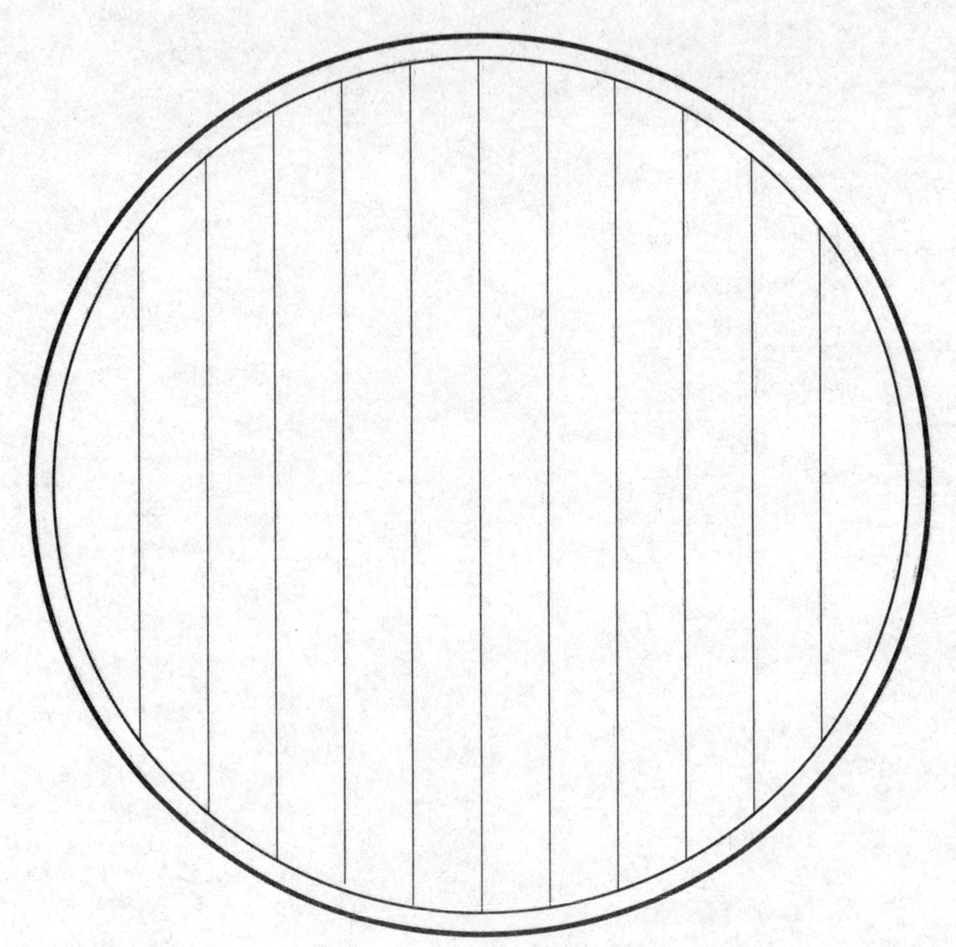